KB138251

난민87

Refugee87

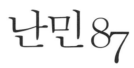

엘르 파운틴 지음 — 박진숙 옮김

내인생의책

릴리와 스칼렛에게

어두워지고 나서야 사람들은
태양을 자신의 손으로 옮기려고 한다.

숀 오케이시, 《Red Roses for Me》

보트

•

　차갑고 짠 물이 두 눈을 찌르고 티셔츠를 적셨다. 보트 가장
자리에 매달린 내게 거대한 파도가 삼킬 듯 다가왔다. 보트가
기울어졌다. 사람들이 내게로 쏠려 내려오는 바람에 숨이 막혔
다. 가슴에서 공기가 빠져나갔다.

　하늘빛이 진회색으로 바뀌고 하얀 포말이 파도 위에서 일었
다. 바람이 사정없이 얼굴을 때렸다. 파도가 배를 밑으로 가라앉
혔고 배 옆면으로 물 한 양동이가 퍼부어졌다. 얼음같이 차가운
물이 다시 몸을 홀딱 적셨다. 바닥 물이 발목 위로 차고 오르는
것 같았다. 아무도 소리치지 않았다. 심지어 내 옆에 있는 아기
도 엄마에게 꼭 달라붙은 채 입을 다물었다.

　회녹색 파도가 우리 주위를 빙 둘러 벽을 이루었다. 배가 파
도 위로 치솟아도 보이는 거라곤 얼음장 같은 바람에 흩날리는
물보라뿐이었다. 유럽이 저 앞 어딘가에 있을 텐데. 육지라고는
코빼기도 보이지 않았다. 배가 파도의 골로 쏠려 내려가면 파도
가 배 옆면으로 밀려왔다. 물이 무릎까지 찼다. 발에 감각이 없

었다. 하지만 신발이 온통 물에 젖어 무거워진 건 느껴졌다. 다시 눈을 들어 위를 보았다. 아까보다 더 성난 파도가 소용돌이치는 게 보였다. 보트가 솟구쳤다. 이번에는 사람들도 끝까지 서서 버티려고 했다. 배에 물이 가득 차 파도 위로 떠다니는 게 아니라 물 아래로 빨려 들어가는 것 같았다. 마치 우리가 해변에 서 있는 사람들인 양 파도가 철썩 들이쳤다. 우리가 바다 한가운데 있다는 점이 다를 뿐이다. 순간 비명이 들려왔으나 물이 내 머리 위로 덮쳐왔다.

어디가 하늘이고 어디가 바다 아래인지 분간이 안 됐다. 눈을 뜨자 따가웠다. 하지만 구름처럼 뭉친 파도 거품과 누군가의 다리가 보였다. 위로 떠 오르려고 물을 발로 차니 가슴팍이 타는 듯했다. 더 이상 숨 쉬려는 사투를 할 수 없으리란 걸 알면서 한 번 더 발로 찼다. 마지막으로 물을 찼을 때는 다리 근육이 얼얼했다. 바람이 얼굴을 때려 의식상실 일보 직전이었다. 입으로 공기를 빨아들이는데 물보라도 함께 들어왔다.

숨이 막혔다. 헐떡거리고 쌕쌕거렸다. 물살이 나를 좌우로 흔들고 파도가 나를 위로 들었다 아래로 내려놓았다. 수영할 수 없었지만 본능적으로 물 위에 떠 있으려고 발길질을 해댔다. 엄마가 삼 주치 임금을 들여 사준 신발이 너무 무거웠다. 가라앉지 않기 위해 신발을 벗어 재끼려고 애썼다. 발길질을 오랫동안 지속하지 못하리라는 걸 알았다. 이미 허벅지와 팔에 힘이 빠졌다. 네 명, 어쩌면 다섯 명의 머리가 파도에 휘감기는 것이 보였다. 어떻게 그토록 빨리 삼백 명이 순식간에 사라진 걸까?

노란색 비닐봉지가 내게 밀려왔다. 안에 옷가지가 들어 있었다. 단단하게 입구를 묶어놔서 봉지는 마치 에어포켓처럼 떠다녔다. 거기 매달렸다.

옆에서 한 소년이 나타났다. 몇 초 전에 내가 그랬던 것처럼 물 위아래로 깔딱깔딱했다. 그에게 손을 뻗었다. 소년이 나를 쳐다봤다. 큰 눈에 계란형 얼굴이 비니와 닮았다. 비니는 내 벗이다.

다시 손을 뻗자, 내 손을 움켜잡으려 애썼다. 하지만 파도 밑으로 가라앉았다. 소년은 다시 떠오르지 않았다.

누가 나를 구하러 올까? 바닷물에 쓸려 다니는 다른 사람들과도 헤어졌는데 내가 어딨는지 누가 알까? 비니는 이럴 때 어떻게 했을까?

BEFORE

벗

•

　"제곱근 역시 유리수 지수로 바꾸어 쓸 수 있습니다."

　"맞아, 비니. 다음에는 먼저 손을 들어라."

　나도 꽤 똑똑했는데, 비니는 더 똑똑했다. 수학 선생님이 우리를 자랑스러워하는지 아니면 귀찮아하는지 그 속마음은 확실치 않았다. 어쩌면 둘 다일 수도 있다. 우리는 선생님만큼 수학을 잘했다. 아토 하이얏 선생님은 대학 교재를 책상 서랍에 숨겨놓고는 그걸 복사해 우리에게 숙제로 내줬다. 정답을 맞혔을 때는 괜찮지만, 오답을 내기라도 하면 여지없이 지식은 선물이니, 공부를 더 열심히 해야 한다느니 하며 다그쳤다. 정작 선생님은 질문도, 답도 이해하지 못했다.

　내 꿈은 엔지니어가 되는 거다. 내가 기억하는 한, 비니는 의사가 되고 싶어 했다. 아주 어린 꼬맹이일 때 비니는 나를 바닥에 눕혀 놓고 심장 소리나 배 속 소리를 듣곤 했다. 의사가 되겠다는 마음도 확실치 않을 때였다. 나이가 올라갈수록 무작위적인 질문이 늘었다. "땀은 어디서 나오는 거야?" "네 심장은 왜 잘 때도 멈추지 않고 계속 뛰는 거야?" 나는 정답을 몰랐고, 관심도 없었다.

하루는 이렇게 말하기도 했다. "너는 네 몸이 하는 일들을 이해하지도 못하지. 그러면서 대학에 가서 다리 짓는 법을 배우겠다는 거야?" 나는 대개 똑똑한 답이라고 인정받을 만큼 재빠르지 않았거나, 너무 시간이 오래 걸려 똑똑하게 들리지 않았다. "그렇지. 하지만 다리가 없으면 어떻게 의사가 환자를 진찰하러 다니겠니?" 이십사 시간 뒤에 내놓은 내 답은 다소 절름거리는 듯했다. 그래도 우리는 벗이었다. 아마 서로 논쟁하기를 좋아해서 그랬을 거다.

평범한 날

•

　　수업 종이 울리자, 시장에 갈 요량이었지만 우리는 교문을 향해 내달렸다.

　　"누가 먼저 도착하는지 해 볼까, 땅딸보야." 비니가 어깨너머로 외쳤다.

　　우리 반 남자들은 여름 방학까지는 다들 키가 고만고만했다. 갑자기 비니가 조금 커진다 싶더니 콩나물처럼 쑥쑥 자랐다. 눈을 비니에게 고정한 채 파랑 교복을 입은 아이들을 피해, 다가오는 차들 사이를 미끄러지면서 달렸다. 앞에 시장이 보였다. 사람들과 길 위에 채소를 쌓아놓은 가판대가 나타났다. 다음은 계피 자루가 보였다. 비니가 입을 앙다문 채 자카란다나무에 기댔다. 가슴이 크게 쿵쾅쿵쾅 뛰는 게 눈에 빤히 보이는데도 비니는 숨이 안 차는 척했다.

　　"아쭈, 좀 달리는데, 땅딸보치고."

　　비니가 웃었다. 비쩍 마른 팔에 한 방 먹였다.

　　우리는 파란 하늘 아래서 동네를 싸돌아다녔다. 닿는 것마다 구워버릴 듯, 태양이 뜨거웠다. 우리 집들은 옆집과 다닥다닥 붙어 있었다. 도시 외곽의 납작한 지붕에 직사각형 마당이 딸린 집들. 집 안은 계단도 없는 방 두 개에 필요한 모든 것을 갖추어 놓았다. 그 방 두 개에서 자고 먹고 요리하고 숙제도 했다. 어떨 때는 자기 집보다 친구 집에서 더 많은 시간을 보내는 것 같았다. 마치 벽 밑에 큰 구멍을 파고 드나드는 문을 서로 이어놓기라도 한 것처럼 들락거렸다. 일곱 살 때 좀 더 큰 도시로 이사 가려고 했었다. 아빠가 돌아가신 뒤로는 우리 집엔 돈이 없었다. 수입이라고는 두 길 건너 가게에서 엄마가 남의 옷을 수선하거나 만들어 주고 버는 돈이 전부였다.

아빠가 병을 앓으셨던 기억은 없었다. 분명히 의사가 손을 댈수 없는 상황이 왔을 텐데…… 어느 날 병원에 가시더니 그 뒤로는 돌아오지 않으셨다. 그맘때쯤 비니의 아빠도 집을 나갔다. 더 좋은 일자리를 구하겠다고 도시 반대쪽으로 가셨다고 했다. 그 뒤로 두 엄마들의 사이가 가까워졌다. 엄마는 돈이 전부가 아니라고 하셨다. 머리를 덮을 지붕만 있으면 됐지, 지붕을 뭐로 만들었는지, 집이 얼마나 큰지는 중요치 않다고 하셨다. 그래도 어떨 때는 내 방이 따로 있었으면 싶었다.

우리는 길바닥에서 노니는 어린아이들 근처에서 방향을 틀었다. 학교 다니기엔 너무 어리고 그늘에서 풀 뜯어 먹는 염소 다섯 마리를 돌볼 정도는 되는 아이들이다.

비니와 나는 집 앞 몇 미터를 남겨 두고 전력 질주를 했다. 집에 도착하자 거실 한쪽의 나무 찬장에서 빛바랜 붉은색 티셔츠와 청바지를 꺼내 갈아입었다.

몇 초 뒤에 비니가 문 두드리는 소리가 들렸다. 어떻게 그렇게 순식간에 옷을 갈아입을 수 있을까? 문이 다 열리기 전에 비니가 밀고 들어왔다. 교과서를 팔에 한 아름 안은 채.

"빨리 이거 해치우자. 그래야 체스에서 내가 너를 무참히 꺾어 놓을 시간이 더 길어지지 않겠어."

"시간만 있다고 그렇게 되겠니? 전에도 그렇게 앵앵거리더니."

내가 아빠에게 받은 선물이라고는 여섯 살 생일 때 받은 체스가 전부였다. 판은 양철 쟁반이었고, 말은 나무를 깎아 만들었다. 아빠가 직접 깎았다고 했다. 내게는 가장 큰 보물이다. 최소한 체스만큼은 번번이 비니를 눌렀고 비니는 지는 걸 못 견뎠다. 아마 우리는 비니가 이기는 날까지 체스를 계속 둘 테고, 그날이 오면 우리는 다시는 체스를 두지 않을 것이다.

이상하고
이상한 일

•

　

다음 날 아침, 엄마는 나보다 먼저 집을 나섰다. 일감이 많을 때라 좋기도 하고 안 좋기도 하다. 엄마가 채근하자 여동생 렘렘이 툴툴댔다. 엄마는 좋은 걸 사주겠다고 달래며 자물쇠를 잠그고 집을 나섰다.

이 분 뒤에 비니가 문을 두드렸다. 가방을 챙겨 등굣길에 올랐다. 비니는 천천히 걸음을 뗐지만 워낙 기린처럼 보폭이 긴지라 보통 걸음의 나와 속도가 맞았다. 학교에 가까워지자, 길이 넓어지고 집들은 커졌다. 막 모퉁이를 돌려는 차에 비니가 걸음을 늦췄다.

군 트럭이 교문에서 백 미터가량 떨어진 곳에 정차해 있었다. 트럭 뒤 화물칸에 앉은 군인 네 명이 무릎에 총을 올려놓은 채 지나가는 아이들을 훑어봤다. 아무도 그 주변에서 공놀이를 하지 않았다. 아이들은 트럭 쪽으로 고개도 돌리지 않고 학교로 줄지어 들어갔다. 어떤 엄마가 아이를 데리고 나와서는 방향을 틀어 뒤돌아가는 모습이 보였다.

"무슨 일이야?"

비니에게 물었다.

"모르겠는데."

비니가 답했다.

우리는 말 없이 트럭 옆을 지나갔다.

첫 번째 수업은 화학이었다. 아토 다윗 선생님을 좋아하지만, 수업에 집중할 수가 없었다. 선생님도 나른해 보였다. 질문하려고 손을 드는 학생도 없었다.

점심시간에 비니와 나는 그늘을 드리운 나무 아래로 갔다. 우리가 늘 가던 아지트였다.

막 먹기 시작했을 때 키데인이 친구 두 명과 함께 어슬렁어슬렁 다가왔다. 앉을 자리도 없는데 왜 오는지 난감했다. 속이 살짝 울렁거렸다. 키데인은 비니만큼이나 빨리 자랐다. 위로 크는 만큼 옆으로도 퍼져서 또래보다 네 살은 더 들어 보였다. 나랑 비니는 우수한 성적 덕분에 월반한 터였다.

"오늘 왜 우리 학교 밖에 군인들이 진을 치고 있었을까?"

키데인이 시비를 걸었다.

"그걸 내가 어떻게 알겠어?" 비니가 퉁명스레 답했다.

"아마 너는 집에 가서 네 아버지한테 물어봐야 할걸." 키데인이 처음에는 비니를 쳐다보더니 이내 나에게도 시선을 돌렸다.

비니가 눈에 힘을 주며 말했다. "왜 네 집에서 가서 꼬치꼬치 캐묻지 그래? '군대' 같은 어려운 단어를 빼먹어서는 안 되겠지?"

키데인이 비니의 교복 칼라를 움켜쥐었다. "최소한 우리 아빠는 도망치지 않았고, 너네 아빠 같은 사람들처럼 가족을 위험에 빠뜨리진 않았어." 키데인은 목소리를 깔았다.

비니가 벌떡 일어섰다. 키데인이 여전히 비니의 옷을 움켜쥐고 있었지만 눈높이가 같아졌다. 비니가 조금도 움찔하지 않자 키데인이 뒤로 밀친 뒤, 죽일 듯이 노려보면서 다른 두 친구와 말없이 떠났다.

나는 입속이 바싹 마른 채로 물었다. "뭐라는 거야? 우리가 다른 사람들까지 피해를 줬다는 거야?"

비니가 생각에 빠져 땅을 쳐다봤다. "모르겠어. 그랬는지도 모르지."

"아빠 소식 들은 적 있니?"

"아니, 엄마에게 돈을 부치지도 않아. 엄마가 그러는데 돈을 많이 버는 일을 찾으려면 시간이 걸린대. 근데 6년이면 꽤나 긴 시간이지."

"우리 아빠가 돌아가신 걸 키데인도 알 텐데." 내가 말했다.

"흐리멍덩한 놈이야." 비니가 찍 뇌까렸다. "그건 명백해."

학교가 끝난 뒤 우리는 말없이 집으로 갔다. 비니는 돌멩이 하나를 발로 찼다. 오늘은 왠지 체스를 이기게 해줘야 할 것 같은 기분이 들뻔했다. 그러나 아침이면 다시 기분이 좋아질 텐데 싶어 마음을 바꾸었다. 대신 비니가 "체크"까지는 할 수 있게 해줬다.

경찰

　땅거미가 질 무렵, 비니는 저녁을 먹으러 집으로 돌아갔다. 엄마와 렘렘은 아직 돌아오지 않았다. 아마 큰 주문을 마무리하지 못한 모양이었다. 웨딩드레스나 공무원복 제작 같은 게 들어온 모양이다. 렘렘의 입학을 일 년 더 미룰 모양이었다. 렘렘은 그 대신 하루 내내나 적어도 하루에 몇 시간을 양장점에서 보내야 했다. 천 쪼가리를 꿰매거나 천을 개기도 하고 선반에서 면직물을 가져오기도 했다.

　배 속에서 꾸르륵 소리가 났다. 찬장 문에 저녁용 인제라[1]를 담은 주머니가 보이지 않았다. 이 시간이면 어느 가게를 가도 인제라가 동났으리라. 써브히[2]도 충분치 않았다.

　원래 해가 진 뒤에는 집 밖을 나서면 안 된다. 속으로 스물까지 세었지만 여전히 발소리가 들리지 않았다. 수를 더 세지 않

---

1. 에티오피아, 소말리아, 에리트레아에서 먹는 아프리카 전통 빵으로 고기나 스튜를 떠먹거나 찢어 드는 것 먹을 때 사용하기 때문에 단순히 빵이라기보다는 먹는 도구라고 할 수 있다. 우리나라에서는 인사 대신 "밥 먹었어?"라고 하지만 이곳에서는 "인제라 먹었어?"라고 인사한다.
2. 에티오피아, 에리트레아 등의 전통 스튜 요리. 소고기, 닭고기, 양고기 등을 넣어 만든다.

고 오래된 우유 통에서 오 낙파[3]를 꺼냈다.

텅 빈 거리를 지나 가장 가까운 가게로 향했다. 불이 아직 켜져 있었다.

"안녕하세요(케마이 암시쿰), 솔로몬 아저씨." 인사를 건넸다.

아저씨는 깡통을 선반에 정리하다 말고 몸을 돌렸다.

"그래, 안녕(케마이 암시카)."

나는 인제라가 들어 있을 것 같은 납작하고 둥근 바구니를 가리켰다. 아저씨가 동전을 가져가고 인제라 두 개를 봉지에 담아주었다.

갑자기 뒤쪽에서 자동차가 달려오는 소리가 나 깜짝 놀랐다. 외곽 지역이라 해가 진 뒤에는 도로에 차량이 거의 보이지 않았다. 뒤를 돌았으나 헤드라이트 때문에 일시적으로 눈이 멀어 아무것도 보이지 않았다. 백열등 전구 빛이 하얗게 어른거렸다. 잠시 뒤에 총을 든 군인 셋이 트럭에서 내리는 윤곽이 보였다. 도로의 모래 자갈 위에 딱딱한 군홧발을 내딛는 소리가 들렸다. 나는 주의를 끌지 않으려고 얼른 가게로 몸을 숨겼다. 군인 하나가 바로 트럭이 선 옆집 문을 두들겼다. 다른 두 명은 그다음 집으로 향했다.

인제라가 든 봉지를 들고 집을 향해 걸었다.

어떤 집 안에서 두런두런 이야기 나누는 소리가 나더니, 일

초 뒤 중저음 소리가 들려왔다. "어이, 어이!"

본능적으로 나를 부르는 소리임을 알았다. 잘못한 게 없지만 누구든 군인을 꺼리지 않던가. 뛰었다. 길모퉁이를 미끄러지듯 돌았다. 나를 따라오는 군화 소리가 들렸다. 주머니에서 열쇠를 찾느라 더듬거렸다. 두 손으로 자물쇠를 열고 비틀거리며 안으로 후다닥 들어갔다. 땀에 젖은 손으로 최대한 재빨리 초록색 철문을 잠갔다.

죽은 듯이 가만히 앉아 있었다. 숨을 참으며 헐떡이지 않으려 애썼지만 쉽지 않았다.

숨이 나를 배신한 듯했다. 밖은 여전히 고요했다.

얼마나 그렇게 앉아 있었는지 모르겠다. 한 이십 분쯤 뒤에 조심스레 앞문이 열리는 소리가 났다. 나는 순간 얼어붙었다. 패닉에 빠진 와중에 엄마 목소리가 멀리서 들렸다.

"시프, 너 어두운 데 앉아서 뭐 하는 거니? 무슨 일 있었어?"

렘렘이 뛰어와 내 무릎을 감싸 안았다. "무슨 일 났어?" 엄마를 따라 물었다.

"인제라를 사러 갔는데……" 내 목소리가 아닌 듯했다. "군인 몇이 솔로몬 아저씨 가게 옆집으로 들어갔어요. 누군가를 잡으러 온 것 같았어요. 그러더니 날 보고 소리쳤어요. 그냥 뛰었죠. 모르겠어요. 우리 집을 봤는지 못 봤는지. 뒤를 돌아보지 않았거든요."

엄마는 자기도 모르게 입을 손으로 틀어막고 미동도 없이 서 있었다.

렘렘은 나를 보고 씩 웃더니 엄마를 돌아봤다. "엄마?"

꿈에서 급히 깨기라도 한 듯, 엄마가 갑자기 지시를 내리기 시작했다. "렘렘, 가서 물 좀 떠 오련, 아가?" 그러더니 나를 바라봤다. "왜 해 진 뒤에 나갔니? 깡통에 빵이 있을 텐데. 왜 말을 안 들어?"

"죄송해요, 엄마." 별일 아니라는 듯 어깨를 으쓱하며 말했다. "확인을 안 했어요."

"내가 일하는 동안 너의 위치가 확인되어야 해. 네가 집에 있는지, 어디 있는지 확인이 안 되면…… 다음부터 가게에 나와야 해."

"지난 6년간 꼬박꼬박 집에 잘 들어왔잖아요. 저를 애 취급하실 작정이세요?"

기분 상할 사람은 바로 나인 것 같았다. 이번 주말에 화학 수업받는 사람 가운데 한 사람이 영화표를 단체로 끊으러 가기로 했는데 엄마한테 미처 허락을 받아놓지 못한 상황이었다. 반대하실 게 뻔하기 때문이었다.

"친구들이 집에 초대해도 못 가게 하시잖아요. 맨날 집에만 있어야 해요. 그래야 내가 어딨는지 안다고 하시니. 길을 그냥 걸어다니는 것도 안 돼요? 나는 여덟 살짜리 꼬맹이가 아니라고요."

엄마는 약간 진정된 듯했다. "내일 중요한 시험이 있지? 맞니? 오늘 밤에 잘 쉬어야겠구나. 저녁을 준비하마."

엄마는 나를 혼낼 때처럼 긴장이 역력한 모습으로 저녁을 준비했다. 마치 자신이 책임지는 공간에서는 나쁜 일이 생기면 정말 곤란하다는 사명감이라도 가진 듯이. 엄마가 저녁을 준비하는 동안, 렘렘이랑 게베타 놀이를 했다. 렘렘이 이기게 해 줬다.

엄마는 작업 중인 드레스 이야기를 했다. 엄마가 "그렇지 않니?" 물을 때마다 나는 고개를 끄덕였다. 머릿속으로는 행렬 공식을 외웠다.

이윽고 렘렘이 잠들자, 엄마 옆으로 가 앉으며 조용히 물었다. "왜 비니랑 노는 건 되고, 다른 친구들을 집에 데려오거나 게네들 집에 놀러 가면 안 되는 거죠?"

엄마는 피곤해 보였다.

"시프, 너도 알겠지만 가까운 친구는 몇 명만 두는 게 좋아. 친구가 너무 많으면, 개들이 누구에게 어떤 말을 할지 관리가 안 돼."

"누구에게라뇨?"

엄마는 무릎에 올려놓은 천을 쓰다듬었다.

"어디에나 군의 정보원이 있어. 뭐가 됐든 우리 가족이 관심을 끌 만한 빌미를 제공해서는 곤란해."

"하지만 우리는 잘못한 게 없잖아요. 뭐 때문에 군이 우리를 주목하겠어요?"

"오늘 밤 네가 빌미를 제공했잖니. 군인을 피해 도망갔으니, 뭔가 켕기는 이유가 있을 거라고 단정했을 게야. 어느 집으로 들어갔는지 못 봤으니 다시 안 올 거라고 여기지? 네가 더 많이 나가돌아다니고 집에 친구들을 데리고 올수록 더 많은 사람이 우리에 대해 수군수군 대지 않겠니? 자주 나다니며 수상한 사람들을 집안에 들인다고 입방아를 찧겠지. 난감한 상황에 처하면 사람들은 뭐든 핑곗거리를 갖다 붙여 모면하려고 하고. 그리고 그들의 상상력은 유감스럽지만 그리 풍부한 편은 아니야. 그러니 사람에게 상상할 거리를 제공해서는 안 돼."

"정부가 아무나 다 감옥에 잡아넣을 수는 없잖아요. 아무나 가두면 감시할 사람이 남아나지 않게 되겠죠."

"그 이야기를 할 때가 올 거야. 하지만 지금은 아니야. 오늘 밤에는 잠을 잘 자둬야지. 그래야 내일 수학 시험을 잘 볼 게 아니겠니?"

나는 내가 당연히 좋은 수학 성적을 받아올 것이라고 확신했다. 이야기를 제대로 풀기도 전에 또 그렇게 끝나버렸다. 또다시.

참을 수 있다. 오랫동안 인내해왔으니까.

시험

·

수학 시험 때문인지, 아침에 먹은 오래된 빵 탓인지 속이 울렁거렸다. 비니네 대문을 두드렸다. 답이 없었다. 이상했다. 보통은 내가 학교 갈 채비를 채 마치기도 전에 비니가 우리 집에 먼저 왔다.

오늘은 늦으면 안 되기에 길을 따라 자박자박 걸어갔다. 곧 비니가 긴 다리로 따라잡을 걸 아니까. 저벅저벅 보도 위를 달려와 등짝을 때리며 안녕, 인사를 걸 테니까.

이십 분이 지났다. 혼자 학교 앞에 도착했다. 그제야 올해 들어 처음으로 혼자 학교에 왔다는 사실을 깨달았다. 마지막으로 수학 노트를 훑으며 교실을 향했다.

비니는 시험을 보러 오지 않았다.

온종일 나타나지 않았다.

수업이 다 끝나고 토마토를 사러 혼자 시장에 들렀다가 집으로 갔다.

비니네 집 문을 두드렸으나 아무런 응답이 없었다.

더 크게 두드리며 소리 질렀다. "비니, 나야."

막 돌아가려던 차에 문이 삐거덕 열렸다. 비니의 엄마, 사바 아줌마가 나를 빼꼼히 쳐다봤다.

"왜 그러니, 시프? 비니는 시장에 갔어."

"비니가 괜찮은지 보려고요." 당황해하며 답했다. 시장에서 비니를 보지 못했다. "오늘 학교에서 중요한 수학 시험이 있었는데 비니가 빼먹었어요."

"비니는 괜찮다." 사바 아줌마가 말했다.

"아픈 게 아니라면 제가 좀 이따 다시 와도 될까요? 같이 답을 맞춰보려고요." 내 소리가 약간 굴욕스럽게 들렸다.

"걱정 마. 그럴 필요까지는 없다. 비니는 이제 학교에 안 다닐 테니."

아줌마가 문을 닫아 버렸다. 나는 그 자리에 오도카니 서 있었다. 혹시나 아줌마가 장난이었다며 웃으며 문을 다시 열고 나오지 않을까 하면서. 하지만 비니의 엄마는 농담을 하는 타입이 아니었다.

비밀

．

"시험은 어땠니?" 엄마가 렘렘과 흥겹게 걸어 들어오며 물었다.

나는 숙제를 하다말고 고개를 들었다. 사실은 숙제를 하나도 못 했다. 집중할 수가 없었다. 비니 생각 때문에 뇌가 제대로 작동이 안 되는 느낌이었다.

"대부분 쉬웠어요. 한 문제는 답이 맞는지 잘 모르겠고요."

"최고 점수를 얻겠구나." 엄마가 이마에 입을 맞추었다.

"아마 그렇겠죠." 내가 답했다.

엄마가 뭔가 이상하다는 듯이 쳐다봤다. 내가 뭘 감추는 것 같아 언짢아하시는 것이리라.

뭘 먹는지도 모르고 기계처럼 저녁을 삼켰다. 머릿속에는 온통 비니가 학교에 다시는 안 다닐 거라고 한 사바 아줌마의 말만이 맴돌았다. 이렇게 중대한 이야기를 아줌마는 아무렇지도 않게 평소처럼 뇌까렸다. 마치 "저녁밥이 준비됐는데, 집에 떨어진 운석은 좀 치워. 내가 쪼까 바빠서리."라고 농담하는 것처럼.

비니와 나는 한 해만 더 다니면 학교를 졸업한다. 그러고 나서

이 년간 군사학교를 다녀오면 자유의 몸으로 대학에 진학해 뭐든 공부할 수 있었다. 누구든 군사학교에서 이 년을 굴러야 하는데, 학교를 빨리 졸업할수록 일찍 다녀올 수 있었다. 비니랑 같이 가는 거니까 일찍 가는 것도 좋았다. 혼자 가는 것은 싫었다. 나 혼자는 특별하지 않았으니까. 비니가 없는 나는 그냥 친구들보다 학교를 조금 일찍 졸업한 평범한 아이일 뿐이었다.

슬슬 속에서 화가 치밀었다. 다음 수가 예약된 체스의 말처럼 평소에는 항상 마음이 정돈된 편이었다. 하지만 지금 내 속생각은 온통 어떻게 빨리 렘렘을 딴 방에 자러 가게 할 수 있을까 뿐이었다. 그래야 엄마에게 제대로 된 질문을 던질 수 있을 것 같았다. 이번만큼은 '나중에'라는 약속으로 나를 돌려세우지 못하리라.

정전 때문에 촛불에 의지해 집 정리를 마치자, 렘렘이 같이 쓰는 엄마 침대에 누워 가늘게 코 고는 소리가 들려왔다. 목소리를 낼 시간이 다가왔으나, 어떻게 질문을 시작할지 난감했다. 생각이 뻗어 나가는 동안, 시폰으로 만든 하얀 담요 끝에 색색이 천을 달아내는 엄마를 바라보았다. 오늘 일을 마무리하는 중이었다.

엄마가 나를 올려다보며 설핏 웃었다. "시험 결과는 언제 나오니?"

"다음 주에요. 엄마, 비니가 학교를 관뒀어요."

엄마는 눈을 내리깔고 못 들은 척 바느질에 열중했다. 바느질은 눈 감고도 할 수 있다는 걸 내가 뻔히 다 아는데도.

"걔가 반에서 일 등이었잖아요."

엄마는 여전히 시치미를 뗐다.

속에서 약이 치밀어올라 왔다. 마치 종이에 불이 붙듯 화르르 타올랐다.

"왜 사바 아줌마가 학교에서 비니를 뺀 거예요? 학교도 이제 위험하다는 뜻이에요?" 어제 점심시간에 키데인이 우리에게 했던 말들이 떠올랐다. "학교에서 어떤 아이가 그러는데 비니의 아빠가 사람을 위험에 빠뜨렸대요. 우리 아빠도 그렇다는 투였는데. 걔가 뭘 잘못 먹은 거죠? 내가 조심해야 할 또 다른 이유라도 있나요? 이번엔 뭐죠? 아빠가 돌아가시지 않았다면 아마 아빠한테 직접 물어봤겠죠. 아빠는 나를 어리다고 무시하지 않고 다 일러 주셨을 거예요."

이제 나는 거의 소리를 지르고 있었다. 엄마가 의자에서 일어나 내 입을 틀어막았다. 손에서 새 천 냄새가 났다.

"렘렘 깨겠다." 엄마가 차분하게 말했다.

엄마가 신경 쓰는 사람은 렘렘이 아니라는 걸 직감했다. 이웃들이었다. 우리가 유일하게 믿는 비니와 비니의 엄마를 제외한 이웃 모두.

엄마는 다시 자리를 고쳐 앉았다. 생각을 정리 중임을 알 수

있었다. 엄마의 답변은 침착하고 논리 정연했다. 내 질문 태도와
는 정반대였다. 보통은 자신이 자란 시골 마을과 달리 도시에서
는 아무나 믿으면 안 된다는 말로 엄마는 이야기를 시작하곤
했었다.

하지만 이번에는 그러지 않았다.

엄마가 말했다. "시프, 아빠는 돌아가시지 않았어!"

진실

시간이 얼어붙은 것만 같았다. 서로를 응시했지만, 엄마의 얼굴은 텅 비었고, 아무것도 읽어낼 수가 없었다. 깜빡이는 촛불만 얼굴에 어른거렸다.

　　"안 해 준 이야기가 너무 많구나, 시프. 이제 이야기를 할 시간이 된 모양이구나."

　　나는 자리에 앉았다. 엄마 옆은 아니었지만 충분히 가까워, 엄마의 목소리가 렘렘을 깨우지 않을만한 지적이었다.

　　잠시 쉬더니 말을 이었다. "너희 아빠는 대학 강사였어." 엄마는 잠깐 눈을 감았다. "아주 똑똑했지. 학교에서 늘 일 등을 도맡아 하셨어. 하고 싶은 일이 딱 하나 있었어. 교사가 되는 거. 군사학교를 마친 뒤에 대학에서 가르치시기 시작했단다. 학생들은 네 아빠를 좋아했고, 동료 교사들에게도 인기가 많았어. 항상 다른 사람들이 아빠와 함께하고 싶어 했지. 아빠도 그랬고." 엄마는 다시 말을 쉬었다. "하루는 교사들과 정부 관리들 간에 모임이 있었어. 그들은 어떻게 하면 정부가 강사들의 강의 수준을 높일 수 있을지 방안을 찾고 싶다고 했지. 아빠는 교사들의 급여를 높이는 게 어떻겠냐고 제안했지. 그러자 뒷자리에 앉아 있던 남자가 아빠에게 잠깐 보자며 복도로 불러냈어. 그 뒤로 네 아빠를 본 사람은 없어.”

“그 남자가 누군데요?” 내가 물었다.

“정부 기관에서 일하는 사람이야. 아빠를 속인 거였다. 아니 실은 그 방에 있던 모든 사람을 감쪽같이 속인 거지. 어떻게 하면 교사로서의 삶의 질을 낮게 할 방법을 알고 싶은 게 아니었어. 교사 중에 누가 정부를 비판하는지 알고 싶었던 거야.”

“하지만 아빠는 그저 급여를 더 지급할 수 있는지 물어본 것뿐이잖아요.”

“정부가 교사에게 급여를 주거든.”

“말도 안 돼요. 정부를 비판할 수도 있는 거잖아요. 의도한 일도 아니고.”

“이제야 네가 말귀를 알아듣는구나.”

“왜 아빠를 데려간 거예요? 그냥 받는 급여에 만족하라고 하면 되지 않나요?”

“정부는 아빠의 말이 다른 사람들에게 공감대를 못 얻게 할 필요가 있었어. 말하자면 시범 케이스가 필요했던 거지.”

“시범 케이스? 그런데 왜 다들 아빠가 돌아가셨다고 하는 거예요?”

"아빠 동료들은 아빠에게 무슨 일이 생겼는지 아무도 몰라. 그게 더 무서운 일이지."

"아빠가 안 돌아가셨다면 어디에 계신 거죠?" 뜨거운 눈물이 눈에 차오르는 걸 느꼈다.

"아빠 같은 사람들을 가두는 수용소가 있어. 아무도 어디에 수용소가 있는지 모르고, 가본 사람도 없단다. 아빠도 거길 빠져나올 수는 없을 거 같고. 아마 영영 나오지 못할 거야. 그래서 아빠가 돌아가셨다고 하는 거야."

아빠를 계속해서 죽이는 것 같았다.

"시프, 너에게 여태 이 얘기를 안 한 이유는 모르는 편이 안전하기 때문이었어. 하지만 네가 꼭 아빠를 빼다박은 걸 알았다. 너는 모르는 걸 질문하지 못하면 참지 못해. 반드시 그 질문을 또 해. 하지만 너의 안전을 위해서도, 우리 식구 모두의 안전을 위해서도 얘기를 다 할 수 없었다는 걸 이해해야 해."

렘렘이 뒤척이기 시작했다.

나는 머뭇거리다가 엄마가 하지 말라는 것과 정반대로 행동했다. "이게 비니가 학교를 그만두는 것과 무슨 상관이죠?"

그때 렘렘이 눈을 떴다.

"쉬!" 엄마가 렘렘의 귓가에 소곤거렸다. "너도 이제 잠자리에 들 시간이야." 내게 말했다. "오늘 밤은 충분히 이야기를 나누었어. 내일 저녁에 다시 이야기하자꾸나. 내가 너에게 다 알려줄 때까지 매일 밤 조금씩 얘기해주마. 오늘 밤 말한 내용을 누구 한테도 발설해서는 안 된다는 건, 말 안 해도 알겠지?"

딱딱한 침대에 누웠다. 렘렘과 엄마가 작은 소리로 코 고는 소리가 들렸다. 모든 것이 전날 밤과 다를 게 없는데. 하지만 나는 오늘 밤 새로운 삶이 시작된 걸 느꼈다. 비밀이 없는 삶. 어둑한 천장을 바라보며 아빠는 지금 뭘 하고 있을지 문득 궁금했다. 아빠는 어떤 방에서 주무시고 있을지 알고 싶었다. 당장.

아빠가 천으로 싼 선물을 들고 집으로 돌아오던 날이 떠올랐다. 체스 세트였다. 찬장으로 사뿐사뿐 걸어가 그걸 꺼내 보았다. 침대 위에 놓고 말들을 늘어놓았다. 말들이 진실을 더 말해주었으면 하는 마음으로 쳐다보았다. 마치 말 하나하나가 아빠와 연결되어 있는 것 같았다. 말들은 에너지를 품고 있었고, 아빠는 살아 있었다.

나는 모든 걸 샅샅이 다 알 때까지 질문을 멈추지 않을 것이다. 위험에 빠질 수도 있다는 엄마의 말이 사실이라 해도 엄마는 다 말해주겠다는 약속을 지켜야 한다. 그래야 무슨 일이 일어나고 있는지 다른 사람에게 묻지 않을 테니까. 난생처음 나는 중요한 무언가를 미리 알게 되었다.

떠나다

•

　　다음 날 아침, 지리학 수업이었지만 선생님이 뭐라고 하는지 하나도 들리지 않았다. 선생님이 말을 걸어온 것도 한 박자 늦게 인지했다. 나는 멍한 얼굴로 선생님을 쳐다봤다.

　　"아토 지르마, 내가 방금 한 질문을 다시 말해 보겠니?"

　　엄한 얼굴로 말씀하셨다. "아무래도 수업 끝나고 남아야 하겠는걸?"

　　고개를 주억거리자 반 아이들이 한꺼번에 낄낄거렸다.

　　엄마가 어젯밤 해 준 이야기들이 머릿속을 빙글빙글 맴도는 느낌이었다. 마치 모든 이들 앞에 내 비밀이 보이도록 비밀에 전깃불이 들어온 것 같았다. 누구도 내 옆자리가 비어있는 사실에 대해 언급하지 않았다. 비니의 자리였다. 보통 비니와 내가 가장 먼저 공식을 풀었다. 연습문제도 가장 먼저 풀었다. 오늘만은 투명 인간이 되고 싶었다. 수업을 빨리 끝내고 엄마에게 달려가 내 인생의 나머지 퍼즐 조각들을 발견하고 싶었다.

　　시간이 흐르자 다시 몽상에 빠져들었다. 나라에서 제일가는 엔지니어가 되려면 수학에서 최고점을 따야 한다. 처음으로 그게 정말 내가 원하는 건지 회의가 들었다. 물론 최고점을 얻고 싶었다. 하지만 다른 게 하고 싶으면 어쩌지? 선생님이 되고 싶다면, 예를 들어 수학 선생님이 된다면 가장 영특한 아이들을 도와줄 수 있을 터였다. 아토 하이얏 선생님과 달리 그 아이들에게 새로운 문제들을 어떻게 가르칠지 알 것 같았다. 물론 어려운 문제들 말이다. 어쩌면 그런 거 때문에 아빠도 선생님이 되었을 것이다. 이미 아는 것들을 다른 사람에게 알려주는 일, 그걸 잘하는 선생님 말이다.

점심시간을 알리는 종이 울리고, 구내식당으로 향했다. 구석에 우리 반 아이들 몇이 있었다. 거기 낄까 했으나, 애들이 미분학 이야기를 나눌 리 만무했다. 비니가 없으면 혼자로 만족해야 했다. 나를 자극할 사람이 없으니 스스로 다그쳐야 한다. 비니가 만든 큰 구멍이 나를 삼킬 것만 같았다.

영어 수업을 마치는 종이 울리자, 백팩을 챙기고 서둘러 교문으로 향했다. 학교를 하루 더 빠졌으니, 비니가 체스에서 나를 이기려고 안달이 나 있거나 시들해지지 않았겠나 싶었다. 한편으로는 사바 아줌마가 마음을 바꿔먹었기를 바랐다. 아줌마가 그런 결정을 내린 데에는 뭔가 배경이 있으리라는 걸 깡그리 무시했다. 어쩌면 엄마가 설명해 주기로 약속한 것도 어떤 이유가 있으리라는 것도.

현관문에 열쇠를 넣자마자 문이 잠겨 있지 않았음을 알았다. 문을 여니 엄마가 렘렘을 무릎에 앉힌 채 침대에 앉아 있는 모습이 보였다. 엄마는 울먹이고 있었다. 곁에는 비니의 엄마가 있었다.

"시프, 이리 와 앉으렴." 엄마가 나를 쳐다보지도 않고 말했다.

내가 앉자, 사바 아줌마가 엄마를 껴안으며 짐을 챙기러 집에 가야겠다고 했다.

엄마는 렘렘에게 실을 골라 재봉 바구니에 담아 가져오라고 시켰다.

"나도 듣고 싶은데요." 렘렘이 반발했다.

"밝은 색실을 골라오렴. 이번 주말에 네 드레스에 무늬 천을 달아줄게."

렘렘은 폴짝 뛰어내리더니 신이 나서 다른 방으로 뛰어갔다.

동생이 가자마자, 엄마는 나를 돌아봤다. "시프, 사흘 전에 군인들이 지파[1]를 벌이는 걸 봤다고 했지?" 엄마는 내 마음을 간파해가며 말을 계속 이어갔다. "군사학교를 회피하려는 소년이나 소녀를 색출하는 거야. 그들은 제보를 받기도 하고 또 때때로 나이가 찼을 것 같은 사람을 아무나 차출해 가기도 해."

"왜 사람들을 차출해 가는 거예요? 다들 군사학교에 입대하

---

1. 징집 대상의 소년들을 대상으로 징집하는 기관.

잖아요."

"군사학교에 대해 어떻게 들었는지 모르겠지만 그게 다가 아니야, 시프. 행군하는 법이나 청소하는 걸 배우겠지. 이 년 동안 휴가도 없고, 아무도 면회할 수 없어. 수학 수업도 없고, 어떠한 학습도 없어. 그런 건 어떤 학생에게도 똑같지. 하지만 너는 반역자의 아들이라 버티지 못할 거다."

엄마를 뚫어지게 쳐다봤다. "아빠가 반역자는 아니잖아요."

"물론, 아빠는 반역자가 아니지." 엄마는 당연하다는 듯 눈을 깜빡였다. "하지만 그들은 아빠를 역모자라고 불러. 그래야 정부가 한 일을 정당화할 수 있고 또 그 탄압을 계속할 명분이 생기기 때문이지."

"언제 이 얘기를 해 주려 했던 거죠? 입대한 다음에 하려고 했나요?"

엄마는 조금도 흔들리지 않았다. 진실은 엄마에게 새로운 힘을 준 것 같았다. 엄마의 말은 끝나지 않았다.

"반역자의 아들딸들은 이 년으로 끝나지 않아. 그들 중 상당수는 영영 제대를 못 해."

"영영이라고요?" 숨이 턱 막혔다. 혹시 엄마가 겁주려는 게 아닐까 표정을 살살이 훑었다.

"군사학교에서 훈련이 끝나면 너를 금광으로 보낼 거야. 하루에 열여섯 시간을 노역하고도 돈을 한 푼도 못 받겠지. 집에 올

버스비조차도 벌 수 없을 거야. 애당초 버스를 탈 기회도 못 얻겠지만."

나는 벌떡 일어섰다. 딱히 어딜 가려는 건 아니었으나, 엄마가 나를 둘러싼 내 인생 조각들을 새로 정비하는 동안 도저히 가만히 있을 수가 없었다.

"너에게 모든 걸 얘기해 줄 날이 오기만을 이제나저제나 기다렸구나." 엄마는 골똘히 나를 쳐다봤다. "너무 오랜 시간이었구나. 사바 아줌마와 나는 너랑 비니를 군대에 보내지 않을 작정이야. 계획을 세웠어. 이 년 정도 시간이 있다고 판단했지. 그런데 너희 둘이 월반을 해 버린 거야. 자랑스러웠다만 너무 빨리 졸업반이 되어버려 조금은 당황스러웠어. 요전에 군인들이 우리 동네에 왔을 때 사바 아줌마는 비니를 학교에서 빼기로 했단다. 어떤 부모라도 그러겠지. 자기 아이를 겨냥한 군부의 추적을 어렵게 하고 싶겠지. 눈에서 멀어지면 마음에서도 멀어진다는 말이 있으니까. 하지만 너는 눈에서도 마음에서도 멀어지지 않았지. 인제라를 사러 나간 날, 군인들이 너를 봐 버렸잖니. 이제 너를 추적하려 들 거야. 그들은 곧 돌아와. 아마 이번 주가 될 수도 있어. 비니가 이웃에 산다는 사실도 금세 캐서 차출하려 들 테지. 그래서 너희들은 당장 떠나야 해."

"어디로 가라는 거죠?"

"이 나라를 벗어나야 해."

"엄마 가게는 어쩌고요? 학교는 또 어떡해요?"

"시프, 네 자유에 비하면 학교 따위는 중요치 않아. 우리 가게도 아무것도 아니야. 나와 렘렘을 두고 너 혼자 떠나야 해."

내 주변의 세상이 빙글빙글 돌다가 갑자기 산산이 조각나 깨져버린 것 같았다. 나는 그 가운데서 멍하니 보고만 있을 뿐, 아무것도 할 수 없었다.

"엄마 없이는 안 떠나요." 나는 읊조렸다.

엄마는 내게 필요한 설명이 마치 말벌처럼 방안을 윙윙거리며 맴도는 듯 방 안을 휙 둘러보았다.

"시프, 너만 가야 해. 우리가 함께 떠날 만큼 돈이 많지 않아. 지금 네가 가장 위험하니까 먼저 너만 피신해야 해. 모든 걸 다 준비해 놓았어. 어떤 남자들이 내일 너와 비니를 찾아올 게다. 브로커들이야. 다른 나라로 밀입국시키는 일을 하지. 사바와 내가 이 년 전에 처음 접촉했어. 그 사람들이 너희를 국경까지 데려다주면, 거기서 북쪽 해변으로 이동시켜 줄 사람들을 만날 수 있을 거야. 보트에 태워 유럽으로 데려가줄 거다. 떠나기 전에 비용을 지급하마. 비상시에 돈이 더 필요할지 모르니 내 전화번호랑 바타 삼촌의 번호를 기억해 둬. 영국에 사는 엄마 친구들 번호도 기억해 두면 좋을 거다. 네가 떠나자마자 나랑 렘렘도 살길을 찾으마. 우리는 다 괜찮을 거야. 6개월이면 너랑 합칠 수 있을 테지. 어쩌면 시간이 조금 더 걸릴 수도."

안 된다고 말하고 싶었고, 엄마의 논리에서 허점을 지적하고 싶었지만 한 마디도 떠오르지 않았다. 내 주장을 뒷받침할 어떤 근거도 전혀 찾을 수가 없었다.

엄마와 렘렘을 떠나, 산맥과 대양에 막혀 서로 다른 나라로 뿔뿔이 흩어져 살아가는 걸 상상해 봤다. 우리는 단 하루도 떨어져 산 적이 없었다. 가슴이 차오르는 걸 느꼈다. 뺨 위로 눈물이 흐르기 전 눈물을 닦았다.

엄마는 계속 이야기했다. "오늘 밤에 짐을 싸야 해. 따뜻한 외투와 갈아입을 옷들, 빵 몇 개, 물하고 돈. 돈은 신발 안에다 넣고 꿰매 주마. 음식을 사 먹을 수 있을 게다."

"그럼 비니도 같이 가는 거예요? 사바 아줌마가 얘기했대요?"

"오늘 밤에 다 말할 게다. 너랑 비니는 같이 떠나는 거야. 서로 의지도 되고. 둘이면 더 안전해."

"아빠는요? 살아있다면서요? 내가 이 나라를 떠나면 영영 못 보잖아요."

엄마는 처음에는 말이 없었다.

"만약 네가 떠나지 않으면 우리는 다시 볼 수 없어. 렘렘에게는 네가 시험을 일찍 통과해 군사학교에 빨리 입대하게 됐다고 이야기해 놓았다. 동생을 겁주지 마. 짐을 싸. 그런 후에 같이 밥 먹자."

렘렘이 밝은 색실을 안고 방으로 뛰어 돌아왔다.

멍한 상태로 나무 옷장을 열었다. 매일 아침저녁으로 여는 옷장을. 티셔츠 네 장 중에 하나를 골랐다. 갑자기 티셔츠 네 장이 사치스럽게 느껴졌다. 속옷과 웃옷, 체스판도 챙겼다. 마당에서 플라스틱병을 가져다 물을 채웠다. 그것들을 죄다 더플백에 구겨 넣고 침대 발치에 두었다.

"비니 보러 가도 돼요?" 엄마에게 물었다.

"아니, 제발 내일 아침까지 집 안에 있어. 다른 사람의 주의를 애써 끌 필요는 없겠지. 사바도 오늘 밤을 오롯이 아들과 보내고 싶을 게야. 나는 내 아들하고 보내고 싶고."

밖에 나갔다 돌아오면 오늘 아침처럼 아무 일도 없었다는 듯, 모든 게 똑같으면 좋겠다는 바람이 들었다. 사바 아줌마가 비니에게 다 말했을지 궁금했다. 어떻게 그걸 알겠는가? 비니가 펄쩍 뛰려나? 물론 그런 일은 없을 터였다. 하지만 비니는 내가 그랬듯 엄마가 한 이야기를 받아들였을까? 아니면 못 떠나겠다고 거절했을까? 탄탄대로에 놓였던 내 인생은 이제 마치 삶을 지탱하던 모래가 술술 빠져나가 나 자신을 빨아 당기는 듯했다. 여느 저녁때처럼 앉아 밥을 먹었다. 입속이 말랐지만 억지로 씹어 삼켜야 했다. 다음 날은 따뜻한 밥이 없을지 모르니까. 내일이면 엄마와 렘렘과 함께 여기에 앉아 있지 못할 거니까.

스튜에 찍은 인제라를 기분 좋게 먹는 동생을 바라봤다. 동생 앞에서는 울지 않으리라. 렘렘이 내가 멀거니 쳐다보는 시선을 느꼈다.

"오빠가 군사학교 있는 동안 보러 가도 돼?"

"물론이지." 내가 답했다. "너 이제 곧 학교 가잖아, 렘렘. 학교에서 뭘 배우고 싶어?"

"말에 대해 알고 싶어."

"말? 따그닥 말? 좋지. 말에 대해 샅샅이 배우도록 해. 네가 면회 오면 꼬치꼬치 물어볼게."

"알았어." 렘렘이 수줍게 답했다.

"그리고 내가 없는 동안 엄마를 잘 돌봐드려."

납치

•

　몇 시인지, 뭐가 날 깨웠는지 몰랐다. 어두웠고, 곁에서 엄마와 렘렘이 고르게 숨 쉬는 소리가 들렸다.

　밖에서 자갈 밟는 소리가 나더니 누군가 문을 두드렸다. 잠시 조용하더니 망치로 세차게 문을 쾅쾅 쳤다.

　렘렘이 울음을 터뜨리자, 엄마가 방 뒤쪽으로 렘렘을 데려다 숨겼다.

　"누구세요?" 나에게 조용히 하라고 손짓하며 엄마가 침착하게 물었다.

　"당신 아들 어딨어?" 밖에서 물었다.

　"병원에 있어요."

　"무슨 병원?" 방금 그 목소리가 다시 물었다.

　엄마는 잠시 머뭇거렸다.

　무언가 육중한 물체로 문을 치는 소리가 들렸다. 문틀이 흔들렸다. 렘렘이 비명을 질렀다. 다시 한번 쿵 소리가 나더니, 문이 쩍 하고 벽에서 떨어지면서 바닥에 내동댕이쳐졌다.

담녹색 군복을 입은 군인 둘이 나타났다. 가슴이 쿵쾅거리는 동안 군인 둘은 어둠에 눈이 적응하느라 잠깐 그대로 서 있었다. 이윽고 내가 눈에 띄자 두 발자국이 될까 말까 한 방을 가로질러 왔다.

"신발 신어. 내일부터 입대다."

"저는 아직 열네 살밖에 안 됐는데요." 나도 모르게 뱉었다.

"신 신어." 내 옆에 있던 군인이 반복했다.

그러더니 침대 발치에 놓인 가방으로 눈길을 돌렸다. 안을 들여다보았다. 옷가지와 먹을거리, 물이 담긴 가방을.

"내일 학교에서 필요한 것들이에요." 엄마가 둘러댔다.

"학교에 여벌 옷을 가져간다고? 체스판도? 어디 다른 데로 가려던 건 아니지?" 군인이 내게 물었다.

"아니에요." 답하는 순간 아무 말도 하지 말았어야 했음을 깨달았다.

문 가까이 있던 군인이 휴대전화기를 꺼내 들고 밖으로 나갔다.

신발을 신었다.

엄마는 훌쩍거리는 램램을 달랬다.

일 분이 지났을까. 아니 십 분이 지났을까. 두 번째 군인이 밖에서 들어왔다.

"옆에 사는 네 불알동무도 똑같이 짐을 쌌다는군." 밖으로 나가더니 전화로 뭔가를 더 이야기했다.

"가족에게 인사나 해라." 안에 남아있던 군인이 명령했다.

"곧 돌아올 거야." 엄마와 동생을 안았다.

"말에 대해 공부하면 잘 기억해 둬, 렘렘."

밖에 고물 트럭이 대기하고 있었고, 비니가 이미 트럭 뒤편에 앉아 있었다.

비니의 엄마가 문가에 서 있었다. 우는 게 보였다. 엄마는 렘렘 때문에 집 안에서 나오지 않았다.

가방도 아무것도 없이, 트럭에 타려고 발판 위에 올라섰다. 트럭 옆 철제 바에 천막이 쳐 있지 않았다. 차가 시동을 걸고 속도를 올리자 차가운 밤공기가 들어왔다. 철제 바 틈새로 집이 멀어져 어둠 속으로 묻히는 장면을 바라봤다.

비니 옆에 앉으려 하자, 군인 하나가 나를 홱 잡아채더니 반대쪽으로 밀어버렸다.

"뭐 아는 게 있니?" 비니가 입을 열었다.

"닥쳐." 그 군인이 막았다. "주둥이 닥쳐."

울고 싶지 않았다. 몸을 접고 싶었다. 작은 점으로 사라질 때까지 접어, 엄마와 렘렘이 있는 곳으로 바람에 실려 날아가고 싶었다. 트럭 덮개 천막이 그림자를 드리우는 바람에 비니의 얼굴이 제대로 안 보였다. 비니에게 말을 걸 수는 없었지만 같이 있다는 사실에 감사했다. 우리는 둘이었다. 서로 돌봐주면 되었다.

여정

버려진 도시 한가운데를 트럭이 덜컹거리며 지나는 동안 우리는 얌전히 앉아 있었다. 타맥으로 포장된 도로 위로 가로등이 노란빛을 드리웠다. 우리가 도시 끝에 다다를 즈음, 가로등이 줄더니 나중에는 아예 없어졌다. 새로운 어둠이 내려앉았다. 들판에 날리는 먼지 내음과 양과 염소의 그것뿐이었다. 네모난 건물들은 사라지고 듬성듬성한 볏짚 지붕을 인 집들이 나타났다.

　　비니에게 말을 걸고 싶어 죽을 지경이었다. 목소리가 아직도 나오는지 실험해보고 싶었다. 아직 내가 존재하는지 말이었다. 비니가 먼저 입을 뗐다.

　　"시험은 어땠어?" 조용히 물었다.

　　"말하지 말랬지?" 군인 중의 하나가 딱딱거렸다.

　　그제야 처음으로 비니의 입술이 터지고 턱에 피가 말라붙은 행색이 보였다. 비니는 나를 보면서 티셔츠 목 부분에다 턱을 문질러 닦았다.

　　네댓 시간이 지나자 지평선이 밝아왔다. 그러더니 트럭 뒤쪽으로 햇발이 내려와 차가운 얼굴에 주홍빛 햇살을 퍼뜨렸다. 우리는 서쪽으로 가고 있었다. 배에서 꼬르륵 소리가 났다. 내 몸은 세상이 예전과 달라졌음을 인지하지 못하는 것 같았다.

태양이 점점 올라가자, 햇볕이 트럭의 천막 지붕 위로 쏟아졌다. 그제야 차 옆이 열려 있다는 사실에 감사했다. 먼지에 눈이 따갑고 목과 코가 말랐지만. 주변 풍경이 점차 평평해지는 걸 느꼈다. 누런 벌판이 바위 언덕에 끊기고 길은 흙먼지뿐이었다.

"물 있어요?" 내가 물었다. 입 밖으로 낸 첫 마디였다. 내 소리는 희미하고 쉬었다.

군인이 나에게 시선을 돌렸다가 거두며 답했다. "없어."

갈증이 심해지자 허기가 줄어들기 시작했다. 이윽고 머릿속은 물병과 차가운 물 한 모금 생각으로 가득했다. 선명하게 떠오를수록 갈급은 커져갔다. 그렇다고 다시 묻고 싶지는 않았다.

지옥

．

땅거미가 질 때까지 달렸다. 트럭 앞쪽에서 낮은 소리가 들렸다. 조수석 문이 닫히더니, 트럭이 천천히 앞으로 움직이다 멈췄다.

트럭 뒷문이 열리자, 소총을 든 군인 세 명이 나타났다.

"하차!" 가운데 남자가 소리쳤다.

트럭 뒤쪽에서 뛰어내리자 무릎이 꺾였다. 오랜 시간 동안 다리가 접힌 채로 있었다.

비니가 내 옆으로 뛰어내렸다. "일어서." 비니가 작은 소리로 말했다.

해가 졌지만 난 우리가 수용소 같은 곳에 와 있음을 알 수 있었다. 건물 몇 채가 덩그러니 있었다. 어스름한 빛 속으로 철조망과 담장 같은 것도 보였다. 철책 너머로는 끝없는 사막밖에 보이지 않았다. 허둥지둥 몸을 일으켰다.

"내 가까이 서." 내가 속삭였다. 비니에게 내 머리를 돌리지도 않았고 비니도 고개를 돌리지 않았지만, 둘 다 서로에게 들린다는 걸 알았다.

체온이 떨어졌지만 떨지 않으려 애썼다. 건물들은 길쭉한 금속 상자처럼 보였다. 각각 작은 집만 했다. 창문도, 제대로 된 문도 없었다. 용도가 궁금했다.

"가. 저쪽으로." 가까이 있던 교도관이 두 번째 금속 상자를 가리키며 말했다.

비니가 그쪽으로 걷기 시작했고 나도 뒤따랐다. 실제 현실과 나를 연결하는 유일한 존재로부터 일 미터라도 떨어질까 두려워하면서.

교도관이 몸을 숙여 땅바닥에서 커다란 볼트를 집어 올렸다. 금속 상자의 앞면 전체가 열리자, 쿰쿰한 땀 냄새와 쿠린 화장실 냄새가 안에서 퍼져 나왔다. 어두워 안이 보이지 않았지만, 상자 안에 뭔가 생명체가 들어 있음을 알 수 있었다. 교도관이 크게 입을 벌린 입구 안으로 우리를 밀어 넣었다. 비니와 나는 공포에 바짝 질려 서로를 멀뚱히 쳐다봤다.

우리는 악취 나는 어둠 속으로 비틀거리며 한 발 들어갔다. 뒤쪽에서 문이 꽝 닫히자, 금속 벽과 천장에 진동이 울려 발밑으로 전해졌다.

손을 뻗어 비니의 팔을 찾았다.

"움직이지 마." 비니가 속삭였다. "동공이 적응할 때까지 기다려."

숨소리가 들렸다. 내 주변의 숨소리와 미끄러지는 발소리들이 들렸다. 들숨과 날숨, 나는 내 숨소리에만 집중했다. 심장이 쿵쾅 거렸다.

"거기 누구예요?" 몇 분 뒤에 비니가 물었다.

"잠자코 앉아라." 작고 쉰 소리가 돌아왔다. "에너지 낭비하지 마." 목소리 주인은 마치 에너지를 아끼는 데 이골이 난 듯이 들 렸다.

"산소를 낭비하지 마." 또 다른 목소리는 더 낮고 사나웠다.

지직거리는 전기 음과 더불어 형광 불이 깜빡이며 상자 안을 희미하게 비추었다. 목소리들이 몸을 드러냈다. 열댓 명의 남자 들이 어깨에 담요를 두른 채 가장자리에 빙 둘러앉아 있었다. 한쪽 구석에 악취가 진동하는 양동이가 있었는데 빈속을 뒤집 어 놓았다.

우리가 대체 어디에 갇혔는지 짐작하고자 방을 뒤살폈다. 엄 마가 군사학교가 좋지 않은 곳이라고 했지만, 한눈에 봐도 이곳 은 군사학교가 아니었다.

"여기가 어디죠?" 비니였다.

"어디기는? 너희의 뉴하우스지." 한 남자가 목소리를 바닥에 깔며 답했다.

바닥에 몸을 납작 엎드렸지만, 한눈에 보아도 큰 덩치였다. 큰 손으로 담요를 끌어당겨 어깨를 감쌌다. "새집에 잘 적응하기를 바란다." 그 남자가 덧붙이더니 우리 몸을 눈으로 더듬었다. 왼쪽 눈에 깊은 자상이 보였다.

"그만해, 네바이." 더 나이든 남자가 걸걸한 소리로 타일렀다. 우리에게 자리에 앉으라고 한 남자였다. 얼굴이 마르고 회색빛이었다. 어깨와 무릎이 담요 위로 뾰족하게 솟아 있었다. 마치 몸이 뼈가 아니라 철사로 만든 것 같았다. "앉아라." 그 남자가 다시 읊조렸다.

비니는 역겨운 냄새가 풍기는 양동이와 늙은 남자 사이의 좁은 틈새로 걸어 들어갔다. 나는 뒤따라가 앉았다.

"나는 비니예요." 비니가 늙은 남자를 보며 나지막하게 자기 이름을 밝혔다.

"요나스다. 얘는 누구니?" 나를 보며 그 남자가 물었다.

"제 친구 시프예요."

요나스가 우리 이름들을 곱씹듯 고개를 주억거렸다.

"그래, 너희는 무슨 사고를 쳤기에 이 지옥으로 끌려온 거냐?"

"우린 아무 짓도 안 했어요." 비니가 자동으로 답했다. 낯선 이와는 개인적인 정보를 나누는 법이 아니다. 설사 그들과 같은 상자에 갇혀 있더라도.

"여기 있는 사람들은 다 어떤 일을 했어. 그게 정상적인 '어떤 일'이라 해도." 네바이가 중간에 말을 잘랐다.

비니가 나를 빤히 쳐다봤다.

나는 고개를 저었다. 그 남자가 무슨 소리를 하는지 이해가
안 갔다.

양동이 반대편에 플라스틱 그릇과 컵이 보였다.

"물 좀 마실 수 있나요?" 말하고 나자, 작은 소리가 금속 상자
를 얼마나 크게 울릴 수 있는지 느끼고는 깜짝 놀랐다.

"입은 뚫려 있었구나." 네바이가 비꼬았다.

"알아서 마셔. 하지만 많이는 안 된다. 내일 아침까지 그 물로
버텨야 하니까." 요나스가 말했다.

컵에 물을 가득 채웠지만 한 모금으로 만족해야 했다. 비니에
게 조금 따라주고, 뒤로 물러나 앉았다. 방을 둘러보니, 열여덟
이나 열아홉쯤 되어 보이는 청년 둘이 눈에 들어왔다. 나머지
사람들은 늙은 요나스를 빼고는 엄마 나이 정도 되어 보였다. 그
들은 모두 찬찬히 나와 비니를 관찰했다. 마치 우리가 텔레비전
이라도 되는 양.

"거의 일 년 동안 신참이 없었지." 내 속을 간파한 듯 네바이
가 말했다. "라디오가 고장 난 뒤로는 재밌는 일이 없었거든."

다른 남자 몇이 흰자를 드러냈다. 그제야 방금 한 말이 농담
이란 걸 알았다.

상자 안은 악취가 진동할 뿐 아니라 기온까지 급격히 낙하하
기 시작했다. 교도관이 다시 와 우리를 진짜 최종 목적지로 빨
리 데려가 줬으면 싶었다. 우리를 이런 장소에 오랫동안 방치할

거라는 사실이 믿어지지 않았다. 어쩌면 그들은 우리를 겁에 질리게 하려는 수작일지도 모른다.

사람들이 내 말에 귀를 쫑긋 세우고 있다는 것을 알기에 어휘를 신중하게 골랐다.

"비니, 여기 어떤 거 같아?" 최대한 작게 웅얼거렸다.

"모르겠어. 우리가 무슨 일을 했는지 캐묻는 거로 봐서 여기는 감옥 비슷한 데 같아."

"춥니?" 내가 물었다.

"얼어 죽겠어. 뭐라도 배 속에 집어넣어야 할 텐데." 비니가 울컥했다.

속이 비어 고통스러웠다. 더듬어 보니 거의 이십사 시간 동안 아무것도 입에 넣지를 못했다.

"먹을 것 좀 있어요?" 비니가 네바이에게 물었다.

"배급은 하루에 달랑 빵 두 조각이 전부다. 너네에게 할당된 음식은 내일이나 되어야 구경해. 교도관님들께서 곧 출동하시겠지. 와서 불을 먼저 끄시지. 그러고 나면 어두워 얼굴에 손을 가져다 대도 못 봐. 양동이가 어디 있는지 위치를 기억해 두는 게 좋을 거다. 밤에 아무 데나 소변 갈기지 말고. 오늘은 이 담요를 나눠 덮도록 하고." 네바이가 반대편의 청년에게 고갯짓했다. 그 청년은 옅은 초록색 담요를 어깨에서 쓸어내린 뒤 비니와 내게 툭 던졌다. 그러고는 옆 남자의 담요를 끌어다 무릎에 덮었다.

"고맙습니다. 우리는 입은 옷 말고는 아무것도 가진 게 없어요." 비니가 고마움을 표했다.

"우리도 여행 가방을 옆방에 두고 왔지." 네바이가 비꼬았다.

요나스가 한숨을 쉬었다. 크고 거칠었다.

말을 해서 지친 것 같았다. 요나스와 네바이 모두 머리를 무릎 위에 놓았다.

"여기가 교도소입니까?" 비니가 물었다.

"친구 하는 것 좀 보고 배워라. 말을 줄여." 네바이가 지청구를 놓았다.

일이 분이 지난 뒤, 요나스가 답했다. "너희는 중범죄자 강제 수용소에 온 거야."

"하지만 저희는 잘못한 일이 없는데요. 우리는 위험한 사람도 아니고, 범죄자도 아니라고요."

"그럼 네가 보기엔 우리는 중범죄자 같으냐?" 그 늙은 남자가 상자 안의 다른 남자들을 가리키며 물었다.

비니와 나는 벽을 따라 앉은 남자들을 훑어봤다.

그들도 우리를 쳐다봤다.

요나스가 다시 말을 시작하려 했다. 그러나 입을 열기 전에 큰 소리가 났다. 쾅 하는 소리가 차가운 공기를 쪼갰다.

군인 셋이 입구에 서 있었다. 뒤로 짙푸른 하늘이 보였다. 밤이 다 되었다.

군인 하나가 들고 있던 빵 바구니를 문 옆 바닥에 내려놓았다.

다른 군인이 우리 쪽으로 담요를 전달한 뒤 안을 주의 깊게 들여다보았다.

"너, 너는 수용번호 87번이야." 나를 가리켰다. "너는 88번이고." 다음은 비니였다.

"번호를 잘 기억해 둬."

그 군인이 뒷걸음질 치자, 다른 두 군인이 함께 입구 문을 닫았다. 쇠문의 빗장이 철컹하고 잠겼다.

몇 분 뒤에 주변의 박스 문이 열리는 소리가 크게 들렸다.

비니가 우리에게 담요를 빌려준 남자에게 담요를 던졌다. 그래도 여전히 둘이 같이 덮어야 했다.

반대편 구석에 있던 작은 남자가 일어섰다. 그 남자는 최대한 빨리 바구니로 가려고 했으나 이상하게 빠르지 않았다. 다른 사람들이 빵 두 개씩 집어가기를 기다리며 주위를 절름거렸다. 속이 텅 비어 옷이 걸린 듯 옷을 걸친 남자의 손목은 렘렘의 것만큼 가늘었다. 빵을 향해 손을 뻗은 다른 남자들의 손목도 뼈다귀이기는 마찬가지였다. 네바이가 손을 뻗을 때 덩치에 비해 현저히 야윈 손목을 보았다. 아마 그도 굶주렸음이 분명했다. 다른 사람들처럼.

"비니, 우리도 두 주 후면 저런 해골이 되겠지?" 최대한 작은 소리로 내가 물었다.

"아니." 비니가 답했다.

"왜 아니야?" 내가 의아해서 물었다.

"우린 빠질 살들이 더 많으니까." 비니가 설렁한 농담을 했다.

나는 빵 두 개를 집었다. 돌처럼 딱딱했다. 그 점이 좋았다. 오히려 천천히 녹여 먹을 수 있으니 말이다.

"남겨 두는 게 좋을 거야." 늙은 남자가 말했다.

비니는 빵 한 덩어리를 떼어내 조심스레 주머니에 넣었지만 나는 두 개를 다 먹어치웠다. 처음 한 개는 씹지도 않고 삼켰다. 다음 것은 좀 천천히 먹으려 애썼다. 내 위는 믿지 못하는 모양이다. 이게 식전 빵이 아니라는 사실을. 배고픔이 가시기는커녕 더 심해졌지만 몸은 따스해졌다. 다른 사람들이 빵조각을 떼어 주머니나 셔츠 안에 간수하는 장면이 보였다.

다음 순간 누군가 알리기라도 한 듯, 모두가 담요를 다시 손보더니 가능한 한 편안한 자세로 금속 바닥에 몸을 뉘었다. 바로 불이 꺼지더니 칠흑 같은 암흑 속으로 빠져들었다.

처음에는 당황스러워 심장이 방망이질했다. 어둠 속에서 누가 다가오는지, 부스럭거리며 편한 자세를 찾는 사람이 누군지 도저히 짐작도 되지 않았다.

차가운 손이 어깨에 닿았다.

"나, 여기 있어." 비니였다. "담요를 잘 덮자."

우리는 벽에서 떨어진 다음, 그 얇은 녹색 담요로 최대한 몸을 감쌌다.

"집에서 밤에 정전되었을 때 기억하지? 보지 않고도 촛대를 찾잖아." 비니가 말했다. "아주 깜깜할 때는 그것도 좋은 묘수야. 너는 그냥 예전과 같은 척해. 그럼 나도 정전된 집에 있는 척할게. 적어도 내일 아침까지 그렇게 하자."

"잘 수 있을 것 같아?" 내가 물었다.

"자야 해. 내일 뭔 일이 벌어질지 알 수가 없잖아. 힘을 비축해 둬야지."

"친구가 옳은 말만 골라 하는구나." 요나스가 거친 쉿소리로 말했다. "쉬도록 해. 한밤중에는 기온이 엄청나게 떨어져. 벽 쪽에 붙어 잠들면 안 된다. 아침에 눈을 못 뜰지도 몰라. 일단 해가 뜨면 완전 이야기가 달라지지. 벽이 너무 뜨거워서 너희들 달걀을 익혀 버릴지 몰라. 달걀이 있다면 말이지." 그가 덧붙였다.

어둠 속을 바라봤다. 사람들이 숨 쉬고 코 고는 소리가 들렸다. 십 분이나 지났을까. 누군가 밭은기침을 하기 시작했다. 금속 상자 안에 사는 게 몸에 좋을 리 만무했다.

비니는 아무 소리도 내지 않았다. 얘기를 나누고픈 마음이 간절했지만 비니 말이 옳았다. 자려고 애썼다.

엄마가 오늘 밤 잠들 수 있을까, 렘렘에게 뭐라고 이야기했을까, 가만히 누워 돌이켜봤다. 엄마와 한마디라도 나누면 정말 좋겠다 싶었다. 우리가 같이 자던 작은 방, 요리 냄새와 비누 향을 떠올렸다. 내 침대는 내 몸에 맞게 움푹 패어 있었다. 처음으로 집을 떠나 보내게 될 장소가 수용소가 될지는 꿈에도 몰랐다.

지옥2

●

　결국에는 깜빡 잠이 든 모양이었다. 천장을 뚫고 들어온 햇볕 때문에 잠을 깼다. 그것들은 바닥에 여러 개의 동그라미를 그려 놓고 있었다. 내가 어디 있는지 기억해내느라 시간이 걸렸다. 그러고는 어제 기억들이 내 마음속에 물밀듯 몰려와 메스꺼웠다. 천장으로 들어오는 동그라미들을 올려다보았다. 아주 아름다운 무언가가 여기서는 증발되는 것 같았다. 다음 순간, 햇빛 동그라미가 총알구멍이라는 사실을 깨달았다. 우리가 숨을 쉴 수 있도록 누군가 밖에서 총을 쏘아 구멍을 낸 게 분명했다.

　딱딱한 바닥 때문에 어깨가 뻣뻣했다. 코와 발, 손가락도 냉기에 얼얼했다. 몸을 일으켜 앉았다.

　두 젊은 남자는 벌써 깨어 벽을 등지고 웅크려 앉아 있었다. 나를 보더니 알은척을 했다.

　비니가 뒤척였다. 훌쩍이는 소리와 기침 소리가 물결처럼 퍼져나가자, 상자 안 사람들은 더러운 나방이 고치를 벗듯 담요 밖으로 몸을 드러냈다. 남자들이 나와 비니 쪽을 건너다봤다. 우리

가 온 게 꿈속 일이 아닌지 체크하는 것 같았다. 꿈이라면 악몽
이겠지만.

요나스가 마지막으로 잠에서 깼다. 얼추 오 분 동안 밭은기침
을 해댔다.

비니가 물을 한 잔 가져다주었다.

"잠 좀 잤니?" 우리 둘에게 묻는 거겠지만 요나스는 비니를
보고 말했다.

비니가 고개를 끄덕였다.

그 남자는 다른 사람이 들리지 않는 낮은 소리로 의사소통할
수 있는 능력을 갖춘 듯 보였다. 마찬가지로 네바이도 더 낮게
말하려고 요나스에게 서서히 다가갔다. 몇 분 동안 뭐라고 웅얼
거렸다. 요나스가 기침이 잦아진 동안이었다. 무슨 말인지 안 들
렸지만, 비니와 나에 관해 상의하는 것이 분명했다.

그 사람들이 하듯, 비니의 귀에 대고 낮게 종알거렸다. "사람
들이 와서 낼 아침에 우리를 꺼내 줄까? 여기 사람들은 우리를
탐탁지 않게 여기는 것 같아."

"내 촉엔 우리가 여기에 감금된 것 같은데." 비니가 속삭였다.
"잠시만 둘 거라면 뭐 하러 종일 뺑이 쳐가며 운전해서 여기다
갖다 놓았겠어?"

비니가 하는 말이 무슨 뜻인지 이해했지만, 믿어지지가 않았다.

"실수가 아닐까? 우리를 다른 죄수와 착각했을 수도 있잖아.

여기 올 다른 애들을 우리 대신 군사학교에 데려가고 말이지."

"모르겠어." 비니가 말했다. "아마 중대한 실수를 했을 수도 있지. 아니면 우리가 나라를 빠져나가려고 해서 이러는지도 모르고."

"그렇지만 우린 출발하지도 않았잖아." 나는 나도 모르게 소리가 점점 커지는 걸 알아차렸다. 모든 사람의 눈이 우리에게 꽂혔다.

"우리를 얼마나 오래 여기 가둬 놓을까?" 나는 다시 볼륨을 낮췄다.

"여기 남자들을 보니까 빨리 나가는 사람은 없었던 것 같아."

어떤 감정이 나를 휘감았다. 알 수 없는 감정이었다. 내게 일어나고 있는 상황을 전혀 관리할 수 없다는 무기력에서 비롯되었다. 그게 내 몸을 무겁게 만들었고, 갑자기 내게서 일어날 힘을 소진시킨 것 같았다. 생각은 다시 집으로 향했다. 엄마의 요리 냄새, 렘렘이 킥킥거리는 소리. 나는 절대 가만히 앉아 있을 수가 없었다. 그러나 아무것도 할 수가 없었다. 학교 다니고, 숙제하고 비니랑 노는 게 떠올랐다. 같은 장면들이 계속 떠돌았다.

우리 앞에 펼쳐질 날들을 떠올리니 정신이 아득해졌다. 나는 이 방을 떠날 수 없었다. 이편에서 저편으로 걸을 공간도 거의 없었다. 비니는 쉼 없이 주변을 살폈다. 잠을 깬 뒤 시간이 얼마나 흘렀는지 알 수 없었다. 아마 한 시간이나 두 시간쯤. 나는 다른 생각을 하려고 애썼다.

"어디쯤인 것 같니? 어디쯤인 거 같아?" 내가 물었다.

"북쪽쯤 되는 것 같아. 우린 늘 도시 밖으로 달아나려고 안달이었잖아. 여기를 상상한 건 아니지만." 비니가 답했다.

마치 비니가 집에서 맘 편하게 농을 읊조리는 것처럼 들렸다. 나는 혼란스러웠다. 나처럼 비니도 겁에 질렸는지 확인하고 싶었다. 비니도 앞으로 닥쳐올 좋지 않은 일을 예감하고 있는지 궁금했다.

고작 입 밖으로 나온 말이라곤 이거였다. "우리 괜찮을까?"

"괜찮을 거 같아."

그 말을 들으니 조금 안심이 되었다.

다른 죄수들이 중얼거리는 소리가 리듬감 있게 들렸다. 짧은 대화를 나누다가 갑자기 조용해지고 다시 시끄러워지는 식이었다.

누구도 나와 비니에게 말을 붙이지 않았지만 우리를 지켜보는 시선이 느껴졌다.

태양이 떠오르자 상자 안이 후끈 달아올랐다. 몇 시간이 더 지나자, 비니와 내가 할 수 있는 거라고는 다른 사람들처럼 꾸벅꾸벅 졸거나 멀거니 천장을 응시하는 일뿐이었다.

갑자기 문 쪽에서 쿵 소리가 났고, 나는 벌떡 일어섰다.

"짐승들을 풀어줄 시간이군." 네바이가 중얼거렸다.

"머리를 숙이고 시키는 대로 해." 요나스가 경고했다. "징벌방으로 가지 않으려면 말이지."

나는 이보다 더 안 좋은 방을 상상할 수 없었다. 하지만 누군가 그걸 상상해내고, 또 그걸 굳이 구현한 모양이었다. 나는 시키는 대로 정확하게 따를 심사였다.

육중한 쇠문이 쩌렁대며 열렸다. 밝은 아침 빛이 쏟아져 들어오자 눈을 깜빡였다.

푸른색 얼룩무늬 군복을 한 교도관 셋이 출입구를 막고 있었다.

"나와." 가장 가까이 섰던 교도관이 소리쳤다.

비니와 내가 맨 처음 밖으로 나왔다.

다른 사람들은 끙끙 앓으면서 겨우 일어섰다. 그들 모두가 다리를 절름거리거나 팔다리가 이상하게 휘었다. 팔다리가 부러졌는데 다들 적절한 치료를 못 받은 것 같았다. 다리나 팔을 다치고도 고통을 덜어줄 약도, 의사도 없이 방치된 내 꼴을 상상하니 벌써 아파 왔다. 아픈 느낌은 곧 공포로 변했다. 다른 이들에게 그런 짓을 한 교도관들에게 둘러싸여 있으니. 숨을 고르려고 애썼다.

밖에 나오자 처음으로 수용소를 제대로 볼 수 있었다. 금속 상자 네 개 말고도 흰 칠이 벗겨진 양철지붕 부속 건물이 두 개 더 있었다. 철조망이 수용소를 빙 둘러쳤다. 소 떼를 가둘 때 쓰는 종류였다.

교도관 하나가 소총으로 나를 뒤로 밀치더니 앞쪽을 가리켰다. 한 번 더 세게 밀쳤다.

"앞으로!" 교도관이 가리키는 방향으로 묵묵히 걷는데 비니가 내게 속삭였다.

"셧 더 마우스." 교도관이 소리쳤다. 내가 바로 옆에 있는데도.

우리는 둘레를 따라 느리게 기듯이 걸었다. 저 너머는 바위 사막이었다.

"눈 깔아!" 교도관이 소리치면서 나를 세게 미는 바람에 돌바닥에 무릎을 찧었다.

비틀거리며 재빨리 몸을 일으켜 계속 걸었다. 등 뒤로 태양이 뜨겁게 내리쬐었다.

밖으로 나온 지 십 분쯤 지났을까? 교도관이 외쳤다. "수용소로, 뒤돌아가."

우리는 네 줄로 줄지은 상자 중 두 번째로 향했다. 고개를 숙인 채로, 나는 가장자리 쪽 다른 상자들을 흘끔거렸다. 안에 사람이 들어있다고는 상상하기 어려울 만큼 견고하고 삭막했다. 다른 수용소에는 어떤 사람들이 갇혀 있는지 보고 싶었다. 거기도 우리 같은 학생들이 있겠구나 싶었다.

수용소 문은 마치 과묵한 괴물의 입처럼 떡 벌어져 있었다.

나는 어둠으로 들어가 기계적으로 담요를 끌어다 덮었다.

다른 죄수들이 밭은기침을 하며 쌕쌕거렸다. 딱딱한 바닥 중에 좀 더 편한 자리를 찾아 몸을 이리저리 꼼지락거렸다. 잠깐 걸었을 뿐인데 진이 빠졌다.

하늘을 보고 맑은 공기를 마신 뒤라 그런지 상자 안이 훨씬 더 참기 힘들었다. 숨을 쉴 수가 없었다. 뭔가 나쁜 일이 일어나기를 기다렸지만, 그게 무엇일지 예측하고 싶지 않았다. 화가 치밀기 시작했다. 아무 설명도 없이 여기에다 우리를 처넣은 것 때문에, 우리와 한 마디 상의도 없이 그런 결정을 내린 것 때문에 분노가 일었다.

동그란 햇살이 천장에서 지나가는 궤적을 지켜봤다.

비니가 내 발을 차며 물었다.

"빵 좀 있어?"

슬슬 배가 고파오는 걸 느꼈다. "아니, 내 건 어젯밤에 다 먹었어."

비니는 주머니에 손을 넣더니 조그마한 빵 조각 두 개를 꺼내 내게 하나를 주었다. 입에 집어넣었다. 이번에는 곧장 삼키지 않았다. 작은 빵의 실제 크기보다 더 크다고 위가 착각할 시간을 벌어주었다.

얼마나 시간이 흘렀는지 감을 잡을 수가 없었다. 열기와 산소

부족으로 깜박 의식을 놓을 수도 있겠구나 하는 생각이 들 즈음, 쾅 소리가 들렸다.

빗장이 열리더니 문이 한 번 더 열렸다. 교도관 하나가 갈색 액체가 담긴 큰 냄비와 그릇들을 바닥에 내려놓았다. 음식 냄새와 산소가 밀려 들어오자 사람들이 일어났다.

문이 철썩 닫히자, 빵을 나눠줬던 작은 남자가 그릇으로 냄비에 담긴 액체를 담아 돌렸다. 쉰 냄새가 났다. 위에 렌틸콩이 둥둥 떠다녔다. 그거마저 없으면 맹탕 흙탕물 같았다. 아무리 한 번에 입속으로 쏟아붓고 싶은 심정이 간절하더라도, 배운 쓴맛이 있어 천천히, 천천히 삼켰다. 하지만 그냥 흙탕물이었다. 맛이 슴슴하고 이물감이 나는 것을 제외하곤, 신맛과 흙 맛이 났다. 다른 남자들이 가능한 한 오래 수프를 입에 오물오물 물고 흡입하는 모양새를 비니와 나는 물끄러미 지켜보았다.

수프 덕분에 모두가 잠에서 깼다. 몇몇이 두런두런 얘기를 나눴지만 누구도 나와 비니에게 말을 걸지 않았다.

전날 험난한 여정과 부족한 음식 때문에 체력이 달리는 모양이었다. 오후 어느 때 즈음인가 잠이 설핏 들었다. 퀴퀴한 빵이 나올 때가 되어서야 잠에서 깼다.

지옥3

다음 날 아침, 태양이 총구멍 사이로 들어오자 몸을 뒤척였다. 더 쉬었더니 몸이 좀 나아진 것 같았다.

비니는 이미 일어나 있었다.

"이제까지 사는 중에 제일 오래 잤어." 비니가 개운해했다.

"맨날 감방을 들락거리지는 않은 모양이지." 내가 답했다.

비니가 웃으며 말했다. "지옥에서 온전히 하루를 보냈는데 괜찮은 것 같아."

다른 사람들이 추위에 언 손과 발에 피를 통하게 하느라 마사지하며 뒤척였다.

요나스가 기침하며 우리를 봤다. 뭔가 다르게 생기가 있어 보였다. "다시 묻지, 어쩌다 이곳까지 흘러들었지?"

비니와 나는 대답하지 않고 요나스를 쳐다만 봤다.

"냅둬요." 네바이가 끼어들었다. 그의 아침 목소리는 더 깊었다. "게네들의 용기는 약에 쓰려고 해도 한 줌도 없을 겁니다."

요나스가 잠시 침묵하더니 다시 말했다. "물론 말하고 싶지 않겠지. 곧 알게 될 거다. 여기는 밖과 달라. 너희가 두려워하는 일은 이미 일어났어." 요나스는 기침할수록 몸이 떨려 말을 잠시 멈추었다. 기침이 가라앉자 다시 말을 이었다. "너희 이게 뭔지 아니?" 네 개의 벽을 가리켰다.

우리는 고개를 저었다.

"너희가 들어있는, 이건 사실 선박용 컨테이너야. 어떤 사람들은 말도 안 된다거나 운이 나빴다고 하겠지." 요나스가 말했다. "이 컨테이너는 사람을 위해 만든 게 아니야. 물건을 채워 배로 나르기 위해 디자인된 거지. 근데 누군가가 말도 안 되는 아이디어를 낸 거야. 물건을 저장하는 데 유용하다면, 죄수를 가두는 데도 좋겠구나 하고 말이지. 바다 건너 물건을 수송하는 데 사용하는 대신, 잃어버릴 염려가 없는 사막에다 가져다 놓았지. 너희는 말할 수도 있고, 입 다물고 있어도 돼. 그러나 너희 자신을 위해서라도 우리를 믿는 게 좋을 것 같구나. 우선 너희들을 빼낼 사람도 없고, 또 언제 나갈지도 모르니까."

비니가 팔짱을 끼며 물었다. "당신들이 군대에 고용되지 않은 사람들이란 걸 우리가 어떻게 알죠? 우리가 고백하면 특별대우라도 해 줄 건가요?"

"비니, 그만해." 내가 속삭였다. 비니는 어둠 속에서 요나스를 응시했다. "군인들이 다 아는 내용만 말해."

몇 분이 지나고, 비니가 어색한 침묵을 깼다. "우리 구역에 지파가 떴어요. 군인들이 옆 골목에 쳐들어와 애들을 잡아가려고 한 거죠. 그래서 엄마들이 우리를 멀리 보내려 했던 거고요. 몇 가지 물건을 챙겨 떠나려던 차에 군인들이 들이닥쳤어요. 우리 가방을 뒤졌어요. 학기 중인데 가방에 여벌 옷과 음식이 있는 걸 보고는, 징집을 피해 멀리 달아나려고 한다고 확신한 거 같아요."

다른 나라로 가려 했다는 말만 빼고 비니가 딱 알맞게 설명했다고 판단했다.

늙은 남자는 목청을 가다듬더니, 낮은 소리로 말하기 시작했다. "여기 오기 전에 나는 저널리스트였어. 그게 뭔지는 알지?"

"물론이죠." 비니가 답했다. "하다스¹에서 일하셨어요?"

요나스가 기침에 가까운 웃음을 짧게 뱉었다. "저널리스트라고 하다스에만 글을 쓸 필요는 없단다. 신문사는 많아. 원하는 곳에 글을 쓰면 되는 거란다. 나도 그랬고."

"전혀 위험해 보이지 않는데요. 그러니까 제 말은 위험인물 같아 보이지 않는다고요." 비니가 말했다.

"글쎄다. 상황이 바뀌었지. 언제부턴가 정부가 시위라든지 식량 부족 같은 문제들에 대해 기사화하는 걸 싫어했어. 정부가 압력을 쓸수록 나는 네가 말했던 위험인물이 되어갔지." 요나스가 한 번 더 웃었다. 이번에는 기침이 몇 분 동안 이어졌다. "아

1. 에리트레아의 신문사 이름.

내와 세 아이를 데려가고 나를 수용소에 집어넣었어. 여기가 아니라 다른 곳에서 이 생활을 처음 시작했지. 그게 벌써 십오 년 전이야. 십오 년 넘게 가족 소식을 듣지 못했어. 가족들도 나를 보지 못했고 소식도 듣지 못했지. 아마 내가 죽은 줄 알 거야."

마지막 말을 듣는데 팔의 털이 다 곤두서는 것 같았다. "저희 아빠도 감방에 있어요." 나도 모르게 말이 튀어나왔다. "며칠 전에야 알았죠. 아빠가 돌아가신 줄 알았거든요."

비니가 내 팔을 잡으며 되물었다. "뭐라고? 너희 아빠가 살아계신다고?"

"엄마가 그러시는데 육 년 동안 아빠 소식을 듣지 못했대요. 병원에서 돌아가신 게 아니라고. 교사들 급여를 올려달라고 했을 뿐인데, 어떤 남자가 끌고 갔어요. 그 뒤로 아무도 아빠를 보지 못했고요."

방에 있는 남자 몇이 고개를 천천히 끄덕였다.

"아버지에게 일어난 일을 얼마 전에야 알았다고?" 네바이가 놀라 물었다.

"네, 이틀 전에요." 내가 들어도 말이 안 되게 들렸다. 이틀 전만 해도 나는 전혀 다른 인생을 살고 있었다.

"아빠가 살아계신다는 사실을 알았을 때 기뻤니?"

네바이가 질문을 던졌다. "물론 기뻤죠." 대답 뒤에 좀 이따가 덧붙였다. "하지만 진실을 말해 주지 않은 엄마에게 화가 났죠."

네바이는 입을 다물어버렸다. 나는 방금 벗에게도 하지 않은 이야기를 단 이틀 알고 지낸 사람들에게 자백했다. 그 사람들이 컨테이너 문을 두드려 교도관을 부른 뒤 '반정부 인사'의 아들을 잡아가라고 할지도 모를 일이었다. 그런데 무슨 연유인지, 그러지 않을 것 같았다. 우리에게 일어난 일을 그 남자들이 다 헤아린 듯 보였기 때문이다.

"신경 쓰지 마." 비니가 말했다.

"뭘를?"

"아빠 이야기를 내게 안 한 거 말이야."

"수용소에 올 줄 알았다면 얘기했을 거야."

"알아." 비니가 답했다.

잠시 시간이 흐른 뒤, 네바이가 거친 목소리로 침묵을 갈랐다. "나는 군대에서 탈영했어. 이 년 근무가 사 년이 되고, 오 년이 되었지. 그런데 우연히 사람들을 만났어. 이십 년 동안 집이든 어디든 나가지 못한 사람들이었지. 그래서 난 도망쳤는데 체포되고 말았지."

나와 비니는 평행우주[2]의 입구에 들어선 것 같았다. 아무 잘

---

2. 넓은 의미로는 다중우주(Multiverse)를, 좁은 의미로는 양자역학의 해석 중 하나인 다세계 해석만을 가리킨다. 일반적으로 쓰이는 다세계 해석의 경우 평행세계란 마치 나무가 자라듯, 시작점(뿌리)은 같더라도 가지가 갈라지듯 독립적으로 분화된 세계들로 본다. 이 갈라지는 시점은 현실에서 있었던 일과 다른 일이 벌어진 때 발생하는데, 예를 들어 현실에선 복권을 샀다 고민하다가 안 사고 그대로 평범한 일상을 살아가는 내가 있다면, 우주의 무수한 평행세계 중 한 곳에선 변덕으로 복권을 샀는데 1등에 당첨된 내가 있을 수도 있는 것이다. 나아가 이 평행세계는 또 그 날로 직장을 때려치우고 유흥에 빠진 내가 있는 세계, 일당은 직장을 다니면서 당첨금을 어디에 투자할지 고심하는 내가 있는 세계로 나뉠 수 있다.

못도 없는 사람을 감옥으로 보내는 그런 세계. 그제야 네바이가 했던 말을 이해했다. "여기 있는 사람들 모두 뭔가 저질렀지. 그 '뭔가'가 사실은 보통 때는 아무 일도 아니지만." 우리는 다시 정적에 빠져들었지만, 내 머릿속은 여러 생각으로 분주했다.

잠에서 일어나 시간이 얼마나 흘렀는지 알 수 없었다. 두 시간, 아니면 네 시간. 시간이 멈춘 것 같았다. 여기 사람들은 어떻게 이런 데서 이리 오랫동안 버텼는지 의아했다. 몇 시간이 마치 영원 같은데. 사막의 태양이 떠오르면 금세 달궈지는 네 개의 금속 벽에 갇혀 있는데.

군인들이 빗장을 열자 문에서 쿵 소리가 났다. 문이 열리자, 이번에는 무슨 일이 일어날지 알았다. 쏟아지는 햇살에 눈을 껌뻑이며 입구 쪽으로 어기적어기적 걸어갔다.

"입 다물어." 모두 침묵하고 있는데도 교도관이 소리쳤다.

백 미터쯤 걸었을까. 요나스가 휘청거리더니 넘어졌다. 너무 약해 일어나지 못했다.

비니가 달려가 옆에서 부축해 일으켰다. "기대세요."

교도관 중 하나가 비니를 밀쳐냈다. 요나스는 뒤뚱거리다 억지로 똑바로 섰다.

그 교도관은 작고 비열한 눈매에 눈썹이 진했다. 비니보다 몇 인치 정도 키가 작았지만, 비니 쪽을 올려다보며 소리쳤다. "또

개수작 부리면 징벌방으로 직행이다. 너 몇 번이야?"

"88번 수용자입니다."

"88번, 알아들었나?"

"네." 비니가 답했다.

교도관이 밀치고 지나가자, 비니는 휘청거리더니 다시 걸었다.

따스하고 가벼운 바람이 얼굴에 와 닿았다. 구름 한 점 없이 맑은 하늘이 나를 감쌌다.

십 분쯤 지나자 우리는 다시 컨테이너로 들어갔다. 쇠문이 쿵 닫히자, 가늘게 들어오는 빛을 향해 달려나가고 싶었다. 하지만 눈이 어둠에 적응하길 기다려 나와 비니가 정한 구석 자리에 가 앉았다.

요나스가 땀을 질질 흘리며 바닥에 드러누웠다. 내가 물을 좀 가져다 마시도록 상체를 일으켜 주었다.

컨테이너가 견딜 수 없을 정도로 끓었다. 모두 벽에서 떨어져 앉아 입과 몸을 적시고자 물을 마셨다. 더위 속에 걸어서인지 다들 지쳐 입을 열지 않았다. 다른 컨테이너에 든 사람들은 언제 밖으로 나오는지 묻고 싶었지만 그냥 기다렸다. 우리가 세상에서 가장 많이 가진 것 중 하나는 시간이었다.

이마에 구슬땀이 흐르고, 어둠과 무거운 공기가 나를 짓눌렀다. 상자에 들어오기 전에 다들 어떻게 살았는지 알고 싶었다. 평범했던 삶에 대해.

"우리 가족은 무사할까?" 내가 속삭였다.

"그들이 원한 것은 우리야." 비니가 답했다. "우릴 데려왔으니 가족은 안 건드리겠지. 우리 엄마들이 여기서 우리를 꺼내려고 돈을 모으실 거야."

그 말을 믿고 싶었다. 무엇보다 아빠를 잡아가고 난 뒤 우리 가족을 찾아온 군인들이 없었으니까 믿고 싶은 마음이 굴뚝같았다.

"학교를 빠지는 바람에 넌 좋은 수업 몇 개를 놓쳤거든."

"그렇지. 하지만 금방 따라잡지 않겠어?"

"지금도 의사가 되고 싶니?"

"물론이지, 왜?"

"나는 이제 뭐가 되고 싶은지도 모르겠어."

"뭐라고?" 비니가 놀렸다.

"가르치는 일이 좋을 것도 같고."

비니는 걱정하는 척하며 나를 쳐다봤다. "그러려면 수학을 더 잘해야 할걸."

웃음이 났지만 더는 웃는 게 익숙하지 않음을 깨달았다. 웃음이 뻣뻣하고 낯설었다.

비니는 담요에서 보풀을 떼어내며 한동안 잠자코 있었다.

"우리 아빠는 진짜 좋은 직장을 찾으려고 집을 떠난 걸까? 근데 왜 한 번도 연락을 안 하지? 잘 지낸다고 엄마에게 알려줄 법도 한데."

"가족에게 뭔가 보낼 수 있을 때까지 기다리고 계신 건 아닐까?"

"어쩌면 다른 도시로 간 게 아니라 다른 나라로 간 걸지도 몰라."

엄마가 얼마나 비밀을 잘 지켰는지 기억났다. 거짓말이 내겐 사실이 되었을 만큼 엄마는 잘 숨겨왔다.

교도관들이 흙탕물 수프를 가져다주었다. 어제와 똑같았다. 앞으로도 똑같을 터였다. 나는 이미 앞일을 볼 수 있었다.

"빵이랑 먹으면 맛이 달라." 비니가 말했다. "흙탕물 같은 맛이 나긴 하지만."

요나스는 조금 나은 듯했다. 간신히 앉아 우리처럼 먹고 있었다.

점심 식사 뒤에 요나스가 네바이를 봤다. 어떤 암묵적인 소통이 둘 사이에 일어나는 것 같았다. 네바이가 고개를 끄덕였다. 요나스도 마찬가지였다. 그들이 동의한 게 뭔지 궁금했다. 비니와 내가 걱정할 일인지 궁금했다.

"오늘도 밖에 나가나요?" 비니가 요나스에게 물었다.

"그래. 매일 그들은 수용소 주변을 걷도록 시간을 주지. 오늘 아침처럼. 그렇지 않으면 여기에 매일 이십사 시간 갇혀 있는 거야."

"운이 좋은 놈은 오물통을 비울 수 있어." 네바이가 말을 꺼냈다. "하지만 메인이벤트는 장작을 모으는 일이지. 교도관들은 무지 게으르고, 우리는 진이 다 빠져 땔나무를 모을 힘이 없어. 그들이 너희를 고르도록 해야 해. 우리처럼 저질 체력이 될 때까지야. 나날이 해골이 되어갈걸."

사실이었다. 도착한 날보다 체력이 많이 약해진 걸 절감하고 있었다. 비니의 얼굴은 더 핼쑥했다. 피곤해서 그런 건지도 모르겠다.

"다른 컨테이너에 있는 남자들은 어때요? 컨테이너는 다 똑같아요?" 내가 물었다.

"똑같은 거 네 개를 봤겠지. 지하 감옥도 있어. 징벌방이지." 요나스가 잠시 말을 그었다. "컨테이너 네 개의 상황은 상당히 비슷해. 굶주린 사람들로 가득해."

"왜 다 같이 걷게 하지 않는 거예요?" 비니가 물었다.

"여긴 군인이 많지 않아. 최소한의 사병으로 유지해야 경비의 효율성을 높일 수 있거든. 그러니까 다 같이 걷게 할 수 없는 거야. 우리가 그들을 제압할 수도 있으니까." 요나스가 콧구멍이 막혔는지 힝힝거렸다.

열기가 뇌와 사지에서 에너지를 바싹 말리는 바람에 우리는 다시 적막에 빠져들었다. 태양이 서서히 서쪽으로 움직이자, 열기가 컨테이너의 다른 벽면으로 쏠렸다. 우리는 반대편으로 기어갔다.

　잠깐 졸다가 쾅 소리가 나며 컨테이너가 흔들리는 바람에 깼
다. 문이 열리고 교도관 셋이 입구에 서 있었다.

　"87번, 88번, 42번 나와." 문 가까이에 선 교도관이 외쳤다.

　비니와 같이 일어섰다. 어린 남자도 일어섰다. 그의 굽뜬 자세
를 보니 할아버지가 절로 연상되었다. 밖에는 다른 컨테이너에
서 나온 남자 아홉 명이 대기하고 있었다. 상자 안에 오랫동안
갇혀 있어, 사람들의 개성이 다 빨려서 그런지 별 특징 없이 다
비슷비슷해 보였다. 비니와 내가 제일 어렸다. 실망스러웠다. 어
차피 사람들과 얘기를 나눌 기회가 없을 텐데. 안일한 내 마음
이 한심했다.

　우리는 교도관 셋을 따라 이동했다. 철조망 안쪽에 숨겨진 쇠
문 쪽으로 갔다. 맹꽁이자물쇠가 열리자, 우리는 줄지어 통과했
다. 밖은 위험해 보였다. 고개를 숙이고 땔감을 모아야 한다는
걸 알았지만, 사막을 가로질러 달아나고 싶은 욕구가 폭발할 듯
했다. 아마 우리를 테스트하는지 모른다.

　교도관들은 우리를 얕은 바위 언덕으로 몰았다. 가시덤불이
있었다. 교도관들이 돌아갈 시간이라고 외칠 때까지 나뭇가지
를 모았다. 모아온 가지들을 흰 칠이 벗겨진 헛간 밖에 쌓았다.
죄수 둘이 남아 덤불을 다듬어 장작 부피를 줄였다.

　비니와 나는 먼지가 주홍빛 석양으로 물들 때쯤 컨테이너로

돌아갔다. 밖에 머물며 시야에 풍광을 더 담고 싶었지만 어둠
속으로 돌아와, 빵을 먹고 냉골 같은 상자에서 편치 않은 밤을
보냈다.

지옥4

●

다음 날 아침도 전과 다름없었다. 동그란 햇빛에 일찍 눈을 떴다. 다른 점이라면 다른 남자들 모두가 이미 깨어 있었다는 것이다. 뭔 일이 있구나 싶어 두려웠다.

비니를 흔들어 깨웠다. 눈을 비비며 주위를 둘러본 비니 역시 나랑 똑같은 감정을 느꼈다. 열다섯 쌍의 눈이 우리에게 꽂혔다.

"잘 좀 잤니?" 요나스가 거친 숨을 내쉬었다.

"그냥저냥요." 비니가 답했다.

"잘했구나." 요나스가 말을 이었다. "오늘은 너희들 정신이 더 깨끗했으면 해. 시간이 별로 없거든."

이번 주 들어 처음으로 웃음이 나오려 했다. 억지로 참다 보니 콧소리가 났다. 어딘지도 모를 사막에 있는 철제 상자에 갇혀 있다 보면, 세상 모든 시간을 혼자 다 가진 것처럼 느껴진다. 다만 그걸 채울 게 아무것도 없을 뿐이다.

길게 이야기하기 힘든 요나스의 기침이 멈추면, 다시 말을 시작한다는 의미였다. 요나스는 주머니에서 빵 조각을 꺼내더니 오물오물 씹었다. 배 속이 고통스럽게 뒤틀렸다. 어젯밤에 빵을 좀 아껴 두었더라면 싶었다. 요나스가 주머니에 손을 넣더니 빵조각을 꺼내 내게 건넸다.

"먹어." 요나스가 말했다. "너희도 곧 우리처럼 남루해지겠구나. 이리 와서 내 앞에 앉아라. 이야기하기 쉽게."

비니와 내가 가까이 다가갔다.

"너희 둘이 상자 안으로 처음 걸어 들어왔을 때 우리는 진짜 행운이라고 느꼈다." 요나스가 나와 비니를 보고 흐뭇한 미소를 지었다. 진짜 감사하는 웃음이었다.

다른 남자들의 눈도 우리를 향해 있는 게 느껴졌다.

"우리 삶은 끝났어. 하지만 우리에게도 실낱같은 희망이 생겼어." 요나스가 계속했다.

"죄송하지만 무슨 말씀인지 모르겠어요." 비니가 말했다.

"너희들은 온 지 이틀밖에 안 됐으니까 이해가 안 되지." 밭은 기침을 하더니 요나스가 다시 말을 시작했다. "우리가 여기 수용되어 있다는 사실을 아는 사람은 아무도 없어. 우리가 살아 있다는 것조차 아무도 몰라. 정신은 또렷하지만 몸은 점점 피폐해지고 있어. 설령 우리 중의 하나가 수용소를 탈출을 시도한다 해도 몇백 미터도 못 걸어가 픽 쓰러질 거야. 우리가 여기서 죽으면, 우리에게 무슨 일이 일어났는지, 아무도 진실을 모를 테지. 아무도. 우리를 사람 취급도 안 하는 교도관 새끼들을 빼고는."

요나스의 눈빛이 형형해졌다. "우리 가족만은 우리에게 무슨 일이 일어났는지 알아야 해. 왜 알아야만 하는지 너희는 공감하겠지. 우리에겐 시간이 많았어." 방을 빙 둘러보며 요나스가 다시 조용히 대표했다. "계획을 세우고 대비할 시간 말이지. 거의 일 년 동안 고심했단다. 자유의 한 조각이라도 쟁취하려면 새로운 수용자가 우리 컨테이너에 배정돼 들어올 때야 가능함을 깨달았어."

비니가 자세를 고쳐 앉는 게 느껴졌다.

"대담해야 해. 우리 목숨을 믿고 맡길 만큼."

비니와 내가 서로를 바라봤다.

"어제 아침 교도관들에게 둘러싸인 상황에서도 너는 나를 도왔어. 대차다는 사실을 증명한 거지. 그런데 너희들은 우리를 믿을 수 있겠어?"

잠시 내가 답변을 짜내는 동안 비니가 답했다. "아직요."

요나스가 웃었다. "내 판단이 맞았구나. 너는 용감해."

"우리를 못 믿는다잖아요." 네바이가 타박했다. "그게 포인트이지 않아요? 얘들이 교도관들에게 다 꼰지르면 우린 죄다 징벌방행이라고요. 곡소리가 줄줄이 나겠네요."

어쩌다 보니 비니와 내가 믿지 못할 놈이 되어 있었다. 그건 그렇고 도대체 무슨 말을 하는 건지 이해가 안 갔다.

요나스가 우리 둘을 보며 부탁했다. "방을 돌면서 여기 있는 사람들의 사연을 경청해봐. 우리가 여기 수용되어야 할 이유가 뭔지 알아봐. 그러고 나서 너희들이 판단해. 우리가 믿을만한 사람인지 아닌지."

비니가 입을 닫고 뒤로 물러나 앉았다. 머리를 손으로 감싸 쥔 채.

이번엔 내가 상자 안에서 날 선 긴장감을 누그러뜨리려고 일부러 담요를 끌어당겨 덮었다.

꽤 긴 시간이 흘렀다. 그리 오랜 시간이 아닐 수도 있고. 비니가 일어나 컨테이너 반대편, 빵을 나눠주는 남자에게 걸음을 내디뎠다.

안도하며 나도 뒤를 따랐다. 공간이 그 남자를 중심으로 빨려드는 것 같았다.

"이름이 뭡니까?" 비니가 물었다.

한 명씩 한 명씩, 우리는 동료 죄수들의 이름과 사연을 알아갔다. 몇몇은 마치 다른 사람 이야기를 하듯 감정이라고는 전혀 없이 자신의 이야기를 뱉어냈다. 어떤 이들은 가족을 남겨두고 떠나는 장면을 묘사할 때 울컥해서 눈물을 지었다.

거의 모든 사람을 돌아 어려 보이는 두 죄수 앞에 다다랐다.

"이름이 뭐예요?" 첫날 밤 우리에게 담요를 나눠 준 남자에게 비니가 물었다.

그는 올려다보았지만 웃지는 않았다. 한 번 움직일 때마다 귀찮아하는 듯 힘들어 보였다.

"하이얏이야."

"얼마나 오래 수감되었나요?"

답하려다 말고 눈을 감더니 고개를 절레절레 흔들었다.

"나는 아드리스야." 옆에 있던 남자가 갑자기 끼어들었다. "하이얏은 자기 일을 나에게만 말해. 다른 사람에게 말하기 싫어하지."

아드리스가 하이얏을 바라봤다. 별다른 신호는 없었지만, 자기 이야기를 해도 좋다고 아드리스에게 동의한 것 같았다.

"하이얏이 집에서 지파를 당했을 때 열네 살이었어. 군사학교에 갔는데 거기서 많이 두들겨 맞았어. 이 년이 지나자 탈출했다가 붙잡혀서 여기로 끌려왔어. 군인들이 징집하러 온 그날 이후로 가족을 만나지 못했어. 어린 남동생과 여동생이 있대. 아마 지금은 열두 살, 열네 살이 되었을 거라더군. 첫째 여동생 걱정이 마음을 갉아먹은 모양이야. 군인들이 그 여동생을 잡아갈까 봐."

나는 멍하니 앞을 응망하는 하이얏에게 눈길을 돌렸다. 총알구멍으로 들어오는 빛을 통해 보니, 굵은 눈물이 하이얏의 뺨을 타고 뱀처럼 흘러내렸다.

다 들어보니 컨테이너에 수용된 모든 사람들이 군대를 피하거나, 다른 나라로 탈출하려다 잡혀 왔다.

마지막으로 요나스 차례였다.

여러 명의 다리와 담요들을 넘어 벽에 기대앉은 요나스에게 갔다. 그는 천장을 향해 세운 두 다리 사이에 고개를 묻고 있었다. 눈을 감은 채 평온한 얼굴이었다. 마치 카페나 집에서 편히 쉬는 듯한 자세였다. 다만 종잇장처럼 얼굴 뼈에 달라붙은 살가죽만이 현실감을 떨어뜨리고 있었다. 요나스는 눈을 떠 우리를 건너봤다.

"너는 내 이야기를 알지." 요나스가 웃었다.

나는 실망했다. 십오 년 동안이나 죄수로 갇혀 지낸 이야기를 더 듣고 싶었다. 어떻게 살아남았는지.

요나스는 멈칫하더니 덧붙였다. "그래도 더 나눌 이야기가 있지." 비니에게 몸을 돌리더니 말했다. "시프에게만 따로 얘기하고 싶구나."

비니가 나를 봤고 나는 고개를 끄덕였다. 우리 자리로 돌아간 뒤로도 비니는 계속 이쪽을 주시했다.

요나스는 깊은숨을 들이쉬더니, 유난히 작은 소리로 얘기를 시작했다. 나만 들을 수 있는 크기로.

"군인이 이른 아침부터, 댓바람에 나를 데리러 왔더군. 차에 태웠지만 도시를 벗어나진 않았어. 대통령궁 근처더군. 내려보니 정부에 비판적인 글을 썼던 언론인들과 사람들이 있었어. 다리도 그때 이렇게 된 거야." 요나스가 절름발을 툭툭 쳤다. "그런 후에 나를 다른 집으로 입감했어. 벽돌 건물이었지. 집은 큰 데 방은 작았어. 발에 족쇄를 채우고 벽에 묶어 세웠지. 거기서 어떻게 살아남았는지 모르겠어. 칠 년을 갇혔던 건 기억나. 그다음에는 강제수용소로 온 거야. 집 대신 이런 걸 사용하는 곳이지." 요나스는 선박 컨테이너의 천장을 가리켰다. "통닭구이가 될 수도, 얼어 죽을 수도 있지만 내게는 동료들이 있었단다. 내가 거기 있는 동안 많은 이들이 왔다 갔어. 거의 모든 사람이 다 기억나. 말하고 듣고 자는 거 말곤 할 일이 없으니까. 삼 년이 지났을 때, 한 젊은 남자가 왔었어. 이름은 기억 안 난다만, 교사였다고 했어."

가슴이 확 쪼그라드는 것 같았다. 어느새 나도 모르게 숨을 죽였다.

"네 아빠가 아닐지도 몰라. 하지만 네 얼굴을 떠올릴 구석이 있어. 차분함이야. 그이는 가족을 그리워했어. 눈에 넣어도 안 아플 아들과 어린 딸이 있다고 하더구나. 아내가 생계를 위해 바느질을 하는데, 어떻게 바느질로 가족을 먹여 살리는지, 걱정을 많이 했어. 물론 많이 힘들어했지. 하지만 내면이 강한 사람이라는 게 저절로 느껴져. 다른 곳으로 이송되기 전에 딱 한 달을 같이 지냈어. 어디로 갔는지는 몰라. 죄수가 너무 많아 그곳은 폭발 직전이었으니까 징벌방으로 보내는 대신 더 큰 집으로 이송한 것 같아."

눈을 껌뻑이자 고였던 눈물이 주르륵 흘러내렸다. 요나스에게 우리 엄마가 어떻게 생계를 잇고 있는지, 여동생이 있다는 사실을 입도 벙긋한 적이 없었다. 아빠가 잡혀갔을 때 렘렘은 아직 아기였다. 호흡을 가라앉히고 입을 열었다.

"감사합니다. 이야기를 들으니 아빠가 살아있다는 사실이 믿어지네요."

요나스는 쌕쌕 가쁜 숨을 쉬다 다시 눈을 감았다.

나는 일어나 비니에게 걸어갔다. 찬찬히 앉아 충격을 정리하느라 눈을 감았다. 가슴이 다시 울컥 뜨거워졌다.

"뭐라고 하셔? 너 괜찮아?" 비니가 물었다.

몇 분이 흐른 뒤, 내가 답했다. "요나스가 감옥에서 우리 아빠를 만났대."

"웃기지 마. 네 아빠가 여기 있었다고?" 비니는 놀란 나머지 입을 다물지 못했다.

"여기 말고. 다른 감옥에. 몇 년 전이래. 아빠가 아닐지도 몰라. 하지만 교사였고 아들과 딸이 있는 사람이었대. 그 사람의 아내는 바느질로 먹고살았다고 하고. 나랑 닮았었대."

"그러면 아빠가 살아있는 거잖아." 비니가 소리를 높였다.

"쉿, 아빠가 이런 비슷한 곳에 있다면 살아있을지도 모르겠어."

"내가 보기엔 확실해." 비니는 확신에 차 보였다. "요나스는 십

오 년이나 견뎠잖아. 너희 아빠는 고작 육 년이야. 게다가 요나스보다 젊으시니까."

엄마에게, 엄마에게 전화하고 싶었다. 내가 무사하고, 아빠가 살아 있을 가능성이 높다는 소식을 알릴 수만 있다면……

"근데 요나스를 신뢰하니?" 비니가 물었다.

"믿을만한 사람인지는 모르겠어. 하지만 나는 그 사람이 좋아." 내가 중얼거렸다.

"좋아. 그럼 그들이 뭘 원하는지 알아보자. 어쨌든 다른 선택지가 없으니까." 비니가 말했다.

어두웠지만 비니의 웃음을 이해할 수 있었다.

네바이와 요나스가 우리와 공유할 정보가 뭔지 알고 싶어 마음이 탔지만, 두 남자는 비몽사몽이었다. 나 역시 잠이 스르륵 쏟아졌다.

한 시간쯤 지났을까. 담요가 너무 더워 잠이 깼다.

"그래서," 요나스가 힘들게 입을 뗐다. "너희들은 이 방에 있는 사람들이 어떤 유의 사람들인지 파악했니?"

비니가 앉아서 눈을 비볐다. "나와 시프 같은 사람들." 비니가 말했다. "아니, 최소한 당신도 처음 왔을 때 나와 시프 같았겠죠."

요나스가 천장을 올려다보더니 숨을 내쉬며 뭐라고 중얼거렸다. 그러고는 미소를 지었다. 잠시 기침한 후에 말을 이었다. "너희 둘이 여기에 걸어 들어왔을 때 얼마나 기뻤는지. 성공할 가능성이 갑절이나 높아졌으니."

"성공이요?" 비니가 나처럼 어리둥절한 표정으로 물었다. "뭘 말이에요?"

"우리 식구들에게 우리 소식을 전달해줄 누군가가 필요해. 어쨌든 시간이 너무 지나는 바람에 너희를 더 준비시킬 시간이 부족해서 억울하긴 해. 하지만 너희 둘은 우리의 희망이야. 적어도 내 파랑새임은 확실하지. 나는 오래 살지 못할 테니까. 우리가 너희를 탈옥하도록 도울게."

잠깐 흥분이 몰려왔으나 곧 잦아들었다. 내 속생각은 비니의 얼굴에도 그대로 비쳤다. 왜 아무도 탈옥을 시도하지 않았을지 궁금했다. 아마도 교도관을 피해 수용소를 빠져나가는 게 불가능했음이 틀림없다.

"그게 당신에게 무슨 득이 되죠?" 비니가 물었다.

"말했듯이 우리는 가족에게 진실을 알릴 사람이 필요하다. 그래야 평안을 얻을 수 있어. 하지만 탈옥은 우리 체력으로는 무리지."

"왜 할 수 있을 때는 시도를 안 했나요? 사살당할까 봐 그런 거예요? 대신에 우리가 달아나다 죽으면…… 당신은 아무것도 잃을 게 없겠군요?"

"굉장히 타당한 질문이다." 요나스는 흔들리지 않았다. "우리

대부분은 다른 수용소에서 이감되어 왔지. 여기 도착했을 때부터 이미 체력적으로 불가능했어. 처음 여기로 온 사람들도 우리처럼 저질 체력이 되기까지 그리 오랜 시간이 걸리지 않아. 그때는 또 별다른 계획도 없었고. 계획이 생겼을 때는 우린 이미 늙어버렸어."

"그렇지만 언젠가는 석방시켜주지 않을까요?" 비니가 말했다.

"난 여기서 십오 년을 썩었다. 그동안 그 누구도 자유를 쟁취하는 꼴을 못 봤어. 수용소를 빠져나가는 아주 간단한 수가 있기는 있지. 죽어서 얼굴에 천을 덮으면 돼."

"그들은 우리에게 제공해줄 게 없어. 우리가 그토록 바라는 자유 말고는." 네바이가 말을 이었다. "모범수라 해도 별 특전이 없어. 우리와 같이 썩고 싶다면 말리지는 않으마."

"탈옥했다고 쳐요. 그런 다음에는요?" 비니가 비꼬는 투로 물었다. "집에 가나요?"

"목소리를 낮춰." 네바이가 쉿! 입술에 손가락을 댔다.

"아니." 요나스가 답했다. "이 나라를 빠져나가야 해. 어떻게 안전한 곳으로 갈 수 있는지 정보를 줄게. 안전한 곳으로 몸을 피신한 다음에 가족들에게 알려야겠지. 만약 집으로 돌아간다면 바로 체포돼. 군인들이 너희 집과 친척들 집을 벌써 감시하고 있을 테니까."

"우리 가족을요?" 나는 숨이 막혔다.

요나스는 답하지 않았다.

다시 한번 눈물이 흘러내렸다. 갑자기 사방에 내린 어둠이 그렇게 고마울 수가 없었다.

잠시 뒤에 비니가 덧붙였다. "왜 당신들이 우리의 탈출을 돕고 싶어 하는지 알겠어요. 근데 우리는 여기 상자 안에 갇혀 있고 밖에는 교도관들이 도처에 깔려 있을 텐데요. 나가자마자 총알받이가 되지 않을까요?"

"장작을 모으러 나갈 때가 천재일우가 되겠지." 네바이였다. "교도관들이 먹는 식사도 우리랑 별반 다르지 않아서 영양 상태가 엉망이야. 게다가 놈들은 하나같이 엉성하고 총도 잘 못 쏘지. 기회가 있을 거야."

"전에도 탈출을 시도한 사람이 있었나요?" 비니가 심각하게 물었다.

"있었지." 요나스가 뜸을 들여 답했다. "그다음 날 교도관들이 시체를 들고 와 우리에게 공개했지. 탈출을 감행하면 똑같이 될 거라면서."

나는 비니를 쳐다봤다. 대체 무슨 속셈인지 알 수 없었다.

"만약 우리가 수용소 멀리 도망가는 데 성공했다면 그다음엔 어떻게 하죠?" 비니가 물었다. "어디로 가야 하나요? 우리가 사막 한가운데 있다면서요. 그럼 어떻게 이 나라 밖으로 빠져나가요?"

"쉿! 소리를 낮춰." 네바이가 쉬쉬거렸다.

"아주 좋은 질문이다." 요나스가 답했다. "모든 게 아주 멀리 떨어져 있지. 국경을 빼고."

.

용기

컨테이너가 점점 더 달아올랐다. 더 버틸 수 있을지 자신이 없었다.

비니는 바닥에 누워 천장을 응시했다. 얼굴이 땀으로 번들거렸다.

몇 시인지 몰랐다. 오늘 치 갈색 수프를 먹은 지 두어 시간 지난 것 같았다. 그 말은 이른 오후라는 뜻이었다.

한동안 아무도 입을 열지 않았다. 요나스가 탈옥 이야기를 꺼낸 이상, 다른 생각을 할 수가 없었다.

"작전을 짜야 하지 않아?" 내가 소곤거렸다. "탈옥 방법이 뭔지 알아내야지? 요나스가 시간이 많지 않다고 했잖아."

"저 사람들을 좀 봐." 비니가 속삭이며 답했다. "다들 목숨이 간당간당해."

"보통 우리는 낮 시간에 자." 네바이의 목소리가 들려오자 정신이 번쩍 났다. "너희 말이 백번 지당해. 오늘 밤이라도 기회를 잡을 수 있도록 만반의 준비를 해야지."

나는 열기 속에서도 네바이가 하는 말에 집중하려 애썼다.

"너희가 우리를 도울 거니까 우리가 너희를 돕는 거야. 기브앤 테이크지. 그러려면 우리 이야기를 샅샅이 알아야 해."

"이미 다 알아요." 비니가 대꾸했다.

"사람들의 이름을 일일이 정확하게 입력했어? 부인과 부모님의 성함도?" 네바이는 우리의 대답은 중요하지도 않은 듯 말을 이었다. "너희는 우리가 어느 마을 출신인지 기억해야 하고, 전화번호가 있다면 그 번호도 반드시 저장해야 해. 서로 테스트해 봐라. 나도 점검할 테니."

"좋아요." 비니가 고개를 끄덕였다.

"요나스가 너희에게 빠뜨린 정보가 하나 있어. 교도관들이 너희를 신문할 거야. 의례적인 절차이긴 해. 보통은 가족과 제대로 된 음식이 미치게 그리워질 때쯤, 며칠 뜸을 들이다가 너희를 데려가 조져. 그냥 질문을 던지는 정도가 아니야. 조사가 끝나면 달아날 생각이 달아나게 되지. 그게 우리 중 누구도 탈옥을 시도하지 못한 이유 중 하나이기도 해. 심지어 여기 온 지 몇 주안 된 놈들도 말이야."

"하지만 우리는 그저 가방을 챙겼을 뿐이에요." 내가 변명조로 말했다. "우리들 엄마가 나라를 떠나게끔 준비했을 뿐이라고요. 교도관들이 아는 거라고는 우리가 어딘가 가려고 짐을 쌌다는 것뿐일걸요."

"어디를, 누구와, 어떻게 가려고 했는지 조목조목 알려고 할 거야. 그들이 원하는 대답을 듣기 전까지 멈추지 않아."

*

귀에 익숙해진 굉음이 울리고 빗장이 열렸을 때, 우리는 방의 절반 정도 돌며 이야기 나눈 상태였다. 컨테이너의 문이 열렸다.

"너, 87번, 일어서." 교도관이 나를 지목했다. "그리고 너 88번, 24번." 다시 교도관이 비니와 저녁을 나눠주는 작은 남자를 가리켰다. "밖으로 나와."

입구로 가면서 네바이에게 고개를 돌렸다. 교도관이 뒤에서 나를 세게 밀쳤다. 다른 죄수 아홉이 밖에서 기다리고 있었다. 어제랑 같은 남자들인지 확실치 않았다. 쇠문으로 향하자 교도관들이 우리를 수용소 밖으로 밀어냈다.

"이십 분 준다. 가능한 한 땔감을 많이 모아."

무장한 교도관 셋이 우리를 따라오면서 작은 바위 언덕 밑 가시덤불을 가리켰다.

눈을 맞추려 노력했지만 비니는 아래만 내려다봤다.

준비가 덜 된 상태였다. 하지만 만약 비니가 뛴다면 나도 달려야 했다. 주의를 끌려고 기침을 했지만, 비니는 교도관과 딱 붙어 걷는 중이라 고개를 까닥거릴 수도 없었다. 탈출할 시점이 아니라고 비니가 판단했기를 내심 바랐다. 태양은 지글거렸고 심장은 나댔다. 웃옷이 땀에 달라붙었다.

교도관들이 좀 더 앞서 걸었다.

비니는 몸을 숙여 가지 몇 개를 주웠다. 나뭇가지로 땅에다 뭐라고 끄적였고 나는 그 단어를 읽었다. 'No.'

"뭔 지랄인 거냐?" 교도관 하나가 소리를 질렀다. 짙은 눈썹에 작은 성난 눈을 한 사내였다. 유달리 우리를 혐오하는 것 같았다.

비니는 묵묵히 다른 가지를 좀 더 주웠다.

사내는 비니의 목덜미를 움켜잡더니 고개를 치켜세웠다. "니가 여기서도 똑똑한 학생인 줄 알아?" 씩씩거리며 비니에게 얼굴을 찡그렸다. "빨랑 일해." 사내가 비니를 땅바닥으로 밀쳤다.

비니는 떨어뜨린 가지들을 다시 주운 뒤 고개를 숙이고 계속 나뭇가지를 찾았다.

교도관들이 한쪽에 모여 이를 쑤시며 투덜거렸다. 장작을 모으는 일이 그들에겐 꽤 성가신 작업인 모양이었다.

가시덤불을 한 아름 안은 채, 천천히 수용소로 향했다. 나뭇가지가 그리 무겁지 않은데도 남자들은 버거워했다.

눈이 작은 사내가 나와 비니 옆에 바짝 붙어 걸었다. "내일 내가 너를 불러 수다를 좀 떨 거야, 87번." 사내가 내 옆구리를 소총으로 쿡 찔렀다. "아마 대답을 조금은 준비해놓는 게 신상에 좋지 않겠어? 그다음 날은 네 친구 차례고." 사내가 비열한 웃음을 흘렸다. 사막에서도 피가 얼어붙을 정도로 차가운 웃음이었다.

컨테이너에 발을 들였을 때 침묵이 다시 찾아들었다.

비니와 나는 교도관들이 우리를 차출하기 직전에 얘기를 나누던 스미어에게 다가가 앉았다. 그가 우리를 보고 빙긋 웃었다. 우리가 탈출을 감행하지 않아 기쁜 모양이었다. 우리는 자리를 떴던 곳으로 갔다. 떠나온 마을 이름과 친한 친척의 전화번호를 전해 들었다.

마침내 요나스 한 사람만을 남겨 놓았다.

"너희가 들은 이야기를 다 기억할 수 있겠니?" 요나스가 근심스럽게 물었다.

"문제없어요. 이항정리보다 쉬운걸요." 비니가 답했다.

요나스가 당황한 표정이 보였다.

"물론이에요. 비니 말이 맞아요. 우리가 학교에서 암기해야 할 내용에 비하면 쉬워요." 잠시 뜸을 들여 내가 말했다. "교도관이 저랑 내일 수다를 떨 거라고 했어요."

요나스가 눈을 감는 게 이해가 되었다. "우리는 할 일을 묵묵히 하자. 나머지는 진인사대천명이라고, 운명에 맡겨야지."

머릿속이 온갖 이름들과 사연들로 가득 찼다. 나는 이 나라의 속살을 들여다본 것 같았다. 온통 썩어 냄새나는 속살을 처음으로 마주했다.

"서로 테스트해 보자." 비니가 제안했다.

우리는 너무 더워 답하는 간격이 길게 늘어질 때까지 사람 이름과 동네 이름을 외웠다. 그러다 비니가 꾸벅꾸벅 졸았다.

내일 교도관과 수다를 나누는 동안 어떤 일이 벌어질지 짐작해 봤다. 혹 잘못 대답해서 엄마를 위험에 빠뜨리면 어쩌나 싶었다. 요나스 말을 듣자 하니 교도관들이 고문할 것 같았다. 만약 심하게 다친다면, 비니와 여기를 빠져나가기는 영 그른 셈이 된다.

이윽고 상자가 식자 사람들이 담요를 끌어당겨 잠자리 준비를 했다.

나는 요나스에게 얼굴을 돌리고 물었다. "우리가 수용소를 빠져나가면요, 그다음엔 어떻게 가요? 국경이 어느 쪽인지 어떻게 알죠?"

"그건 말이지." 요나스가 빵 나눠주는 남자를 가리키며 답했다. "테스파이에게 물어봐. 아내만 있고, 슬하에 자제가 없는 친구야. 이 년 전에 여기 비슷한 군인 수용소를 탈출하려고 했어. 그 군인 수용소에서는 죄수가 아니라 운송 담당이었지."

그때 마침 우리 얘기를 다 도청하고 있었다는 듯이 문이 쾅 하고 열리더니 소총을 어깨에 멘 교도관이 입구에 들어섰다. 다행히 빵 바구니를 들고 있었다. 먹는 게 우선이었다.

테스파이가 빵 바구니를 돌리자, 요나스가 신발 한쪽을 벗더니 양말 같은 걸 꺼냈다. 가까이 보니 담요와 똑같은 재질로 만든 작은 천 주머니였다.

"이걸 쓰려고 오랫동안 기회를 엿봤는데, 어. 여기다 빵 조각을 담으면 돼." 요나스가 말했다. "서둘러 떠나려면 시간을 아껴야 해."

컨테이너 반대쪽 끝에 있는 아드리스가 담요 아래서 뭔가 플라스틱 같은 걸 꺼내 높이 들었다. 비니가 받으려고 다가가자 아드리스가 다시 낚아챘다.

"이걸 가지고 있는 걸 들키면 징벌방으로 직행이야. 그리고 너희들은 돌아오지 못할 거야." 아드리스의 목소리는 얼굴에 비해 훨씬 더 어렸다.

납작하게 찌그러진 물병이었다. 윗부분에 끈 같은 게 달려 있었다.

"끈을 허리에 묶고 바지 속에 이걸 집어넣어. 교도관들이 못 알아챌 거야. 손이 자유로워야 빨리 달릴 수 있지." 아드리스는 물병을 다시 담요 아래에 숨겼다.

빵을 다 먹기 전에 네바이가 비니에게 손짓하더니 사방 이 센티미터 정도 되는 빵 조각을 건넸다.

"그 주머니에 넣어라." 네바이가 말했다.

비니가 빵과 네바이를 번갈아 보더니 씩 웃었다.

자리에 앉기도 전에 다른 이들도 비니를 부르더니 빵조각을 건넸다. 비니의 두 손이 가득 찼다. 요나스가 담요 밑에서 꺼낸

천 주머니를 건넸고 우리는 조심스레 빵을 담았다. 우리는 일일이 모두에게 돌아가며 고맙다고 감사의 인사를 중얼거렸다.

나는 새로운 친구를 사귀는 데에 익숙지 않았다. 어쩌면 그들은 친구들이 아니다. 그러나 옛 이웃의 어떤 사람들보다 이 컨테이너 사람들에 대해서 더 세세히 알게 되었다.

다시 어둠이 내려 상자와 사람들의 형체가 눈앞에서 사라졌는데 얼마나 빨리 사라지는지 새삼 놀랐다. 왜 사람들이 늘 같은 자리에 앉는지, 구린내가 진동하는데도 요나스가 왜 굳이 변기 옆에 앉는지 이제야 조금 이해가 갔다.

비니가 내 어깨를 잡자 나는 비니와 함께 조심조심 사람들의 다리와 담요를 지나 테스파이에게 갔다.

"나를 깔고 앉지 마." 테스파이였다. "거기 서. 충분히 가까이 왔어."

테스파이는 가만히 앉아 있었다. 그의 힘겨운 숨소리가 들렸다. 비니와 나도 똑같은 소리를 내리라는 걸 알았다.

"어떻게 탈출할지 알고 싶겠지." 테스파이가 시작했다. "살아남을지도 말이야." 질문이 아니었다. 그는 한두 차례 가쁜 숨을 몰아쉬었다. "내 정보가 유용할 거야. 우선 수용소를 빠져나가면, 서쪽으로 가. 오후에는 그림자가 왼쪽으로 떨어지도록 하고, 저녁에는 맨 처음 떠오르는 밝은 별을 남동쪽에 둬야 해. 별이 너희 왼쪽 뒤로 돌아가게 하는 거지. 해 질 녘에는 달이 동쪽에서 뜨니까 너희는 그 반대쪽으로 향해야 해."

그가 계속 말했다. "낮에 달리면 더위를 먹어 죽을지도 몰라. 그렇다고 달아나지 않으면 따라잡혀 총을 맞아 뒈지겠지. 달리기엔 늦은 오후나 해 질 녘이 제일 좋지만 찬밥 더운밥 가릴 처지가 아니잖아. 국경은 여기서 십 킬로쯤 떨어져 있어. 쉬지 않고 걷는다면 두 시간이면 다다를 거야. 추가 수색대가 출동하기 전에 거기 도착해야 해. 너희가 국경으로 가는 길을 알 거라고는 상상도 못 할 거야. 그게 너희들에게는 유리한 점이야. 사막에는 길이 없어. 그것도 유리한 지점이야. 군인들의 시야에서 최대한 멀어졌을 때 모래를 파고 들어가 몸을 숨겨. 그 멍청이들은 지평선 위로 튀어나온 물체만 찾을 테니까. 국경에는 장벽과 검문소가 있어. 수비대가 항상 경계를 서지 않는 데다, 감시탑이 멀리 있어서 너희가 잘 보이지 않아. 그래도 그들은 총으로 무장하고 있어." 테스파이가 유독 작은 소리로 말을 이어갔다. 말해 준 내용을 우리가 잘 이해하는 듯 보이자 흡족해했다.

"그런데 수용소를 빠져나갈 확률이 얼마나 될 것 같아요?" 비니가 정말 궁금하다는 투로 물었다.

테스파이가 잠시 말을 멈췄다. "이렇게 정리하면 돼. 너희를 석방시켜줄 확률은 제로야. 그런데 너희가 수용소를 살아서 빠져나갈 확률은 그것보다는 살짝 더 높아."

테스파이가 말을 마치기 전에 굉음이 울렸다. 내가 펄쩍 일어섰다. 지레 나를 데리러 하루 먼저 왔구나 싶어 겁이 덜컥 났다. 잠시 뒤, 바로 옆 컨테이너의 빗장이 열리는 소리임을 알았다. 짧은 외침 뒤에 누군가 흐느껴 우는 소리가 들렸다. 그러더니 컨테이너 문이 닫히고 자갈이 버스럭대는 소리가 들렸다. 어떤 사람을 컨테이너 밖으로 꺼내 질질 끌고 가는 것 같았다.

우리 자리로 다시 기어왔다. 번호와 사람 이름, 동네 이름 들이 머리 위에서 맴돌았지만 나는 잠이 들었다. 흰 칠이 벗겨진 건물에서 누군가 맞아 지르는 비명에 애써 귀를 닫으면서.

공포

●

　탄공으로 들어오는 햇빛에 잠을 깼다. 작은 태양이 백 개는 뜬 듯했다.

　그때 누군가가 비니와 나를 빤히 보는 듯한 시선을 느꼈다. 다른 사람들은 이미 다 일어나 있었다. 이제 나는 그들이 희망을 건 시선으로 우리를 바라본다는 사실을 알았다. 예전에는 위협적으로 느껴지곤 했는데.

　"너희를 테스트할 시간이다." 네바이가 진지하게 말했다.

　네바이에게 좀 더 다가가자, 죄수들은 하나씩 자리를 내주더니 비니와 나 중에 골라 이름과 사연, 가족 사항을 물었다. 우리가 얼버무리는 투로 얘기해도 절박한 마음으로 한 단어도 놓치지 않고 있다는 게 저절로 느껴졌다.

　다 맞혔다.

　"여기 있는 사람들 죄다 이 상자에서 개죽음을 당할 거라고만 여겼어. 하지만 너희가 왔고, 이제 그 사실은 진실이 아니야. 설령 여기서 뒈져도, 우리 사연은 알려질 거야." 네바이가 말을 하다가 울컥해 더는 말을 잇지 못했다.

전에는 알지 못했지만, 내 인생은 꽤 일정한 속도로 움직이고 있었다. 지난 한 주 동안 내 삶은 전혀 다른 새로운 국면으로 접어들었다. 때로는 심장박동수가 마구 올라가고 어느 순간 끽 정지하기도 했다. 나는 이제 진폭이 큰 리듬에 맞춰 사는 데 익숙해져야 할 필요가 있었다.

컨테이너가 아침 햇볕으로 달아올랐다.

"체스 둘래?" 비니가 물었다.

나는 멍한 눈으로 쳐다봤다.

"내가 먼저 둘게. 킹 앞의 폰을 두 칸 앞 e4로 움직였어."

얼굴 근육에 웃음이 번지는 걸 느꼈다. 잠깐 머리를 굴려야 했다. "좋아. 나도 킹 앞의 폰을 e4로 움직였어."

"e5겠지?" 비니가 말했다.

"아, 너는 네 쪽에서 세는구나. 그렇다면 e5가 맞지." 머릿속으로 체스를 두는 게 훨씬 더 힘들었다.

여덟 번 말을 움직인 뒤에 체크메이트를 당했다. 비니가 이겼다.

"네가 운이 안 좋았어." 비니가 웃었다.

"아닐걸." 내가 답했다.

컨테이너 빗장이 열릴 때마다 교도관이 조사차 나를 데리러 왔나 싶어 조마조마했다. 오늘도 어제와 다름없이 그냥 흐르고 있었다. 의식의 흐름이 강제로 정지되어 깜빡 기절할 때까지 컨테이너의 열기는 점점 올라갔다.

기온이 갑자기 떨어지자 잠이 확 깼다.

아무도 우리를 데리러 오지 않았다. 사실 수용소는 너무 적막했다.

"교도관들은 매일 같은 시간에 돌아다니나요?" 내가 요나스에게 물었다.

"매일은 아니지만, 올 때는 저물녘 전에 오더군."

해가 천정점에서 떨어지는지 총구멍을 통해 들어오는 동그란 빛이 바닥을 기어 컨테이너 벽을 오르기 시작했다.

몇 분이 지났을까. 흙길 위를 걷는 발소리가 나더니 바로 옆 컨테이너의 빗장이 끙음을 내며 열렸다. 아마 땔나무를 주우러 가는 모양이었다.

아드리스가 납작하게 만든 물병을 물 양동이에 넣어 물을 담더니 뚜껑을 닫았다. 담요로 물기를 닦은 뒤 비니에게 던져 주었다.

요나스는 빵 주머니를 내게 건넸다. 나는 그걸 허리끈 아래 달고 컵에 물을 붓고 반쯤 마신 뒤 비니에게 나머지 반을 전달했다.

컨테이너 문이 열렸을 때, 비니는 단추를 다시 채우고 있었다.

교도관이 들여다봤다. "너, 87번, 그리고 너 24번, 밖으로." 교도관이 나와 테스파이를 보고 소리를 질렀다. 교도관은 계속 어둠 속을 응시했다. "그리고 너, 88번" 비니도 지목했다.

우리는 얼른 일어나 주위를 곁눈질하지 않고 문으로 향했다.

누가 컨테이너 벽을 두드리기라도 하듯 심장이 난동을 부리는 소리가 났다. 교도관에게 들릴 것만 같았다.

"힘없는 척해." 비니가 속삭였다.

모래 바닥으로 내려서자, 교도관들이 문을 닫고 빗장을 걸더니 개머리판으로 우리를 밀었다. 다른 컨테이너에서 나온 사람들 쪽으로 가라는 거였다. 그러고는 쇠문으로 향했다.

맹꽁이자물쇠가 열리고 우리는 수용소 밖으로 발을 내디뎠다. 공포심과 더불어 흥분이 몰려왔다. 두 감정이 묘하게 섞였다.

비니와 나는 다른 사람들처럼 비틀거리며, 느릿느릿 나아갔다. 눈을 비비며 바로 발 앞만 바라봤지만, 우리의 모든 감각은 우리를 둘러싼 사막으로 방향을 틀었다.

죄수가 모아온 작은 나뭇가지를 쌓는 작은 공터가 나왔다. 죄수 둘이 남고 교도관 하나가 그곳을 지키느라 빠졌다. 나머지는 우리가 예전에 갔던 언덕 아래로 갔다. 가시덤불과 뭉툭한 나무들이 바닥에 반원을 그리며 퍼져 있었다. 비니와 보폭을 맞추려 했는데 교도관이 나를 밀쳤다. 우린 느릿느릿 가시덤불로 가 적당한 길이의 나뭇가지를 줍기 시작했다. 교도관 하나는 여전히 다른 죄수 둘과 함께 있었다. 다른 두 교도관은 비니와 나를 지켰다. 그중 하나가 비니 옆으로 다가왔다. 가지들을 모으는 손에 땀이 흥건했다.

십 분쯤 정도 여기에 있다가 교도관들이 우리를 모아 수용소로 돌아갈 것이다. 고개를 숙인 채 눈을 홱 돌렸다. 우리 옆에 선 교도관이 이를 쑤시면서 개머리판으로 비니의 다리를 쿡 찔렀다.

"너희 둘은 두 배 더 모아. 빨랑!" 교도관이 윽박질렀다. 그가 다른 교도관을 살피는 폼으로 봐, 이제 돌아갈 시간이 임박했음을 알아차렸다. 마침 교도관이 주변을 살피지도 않고 소변을 누러 바지 지퍼를 내렸다.

비니가 내 팔을 치더니 웅얼거렸다. "셋, 둘, 하나."

비니는 탁 트인 사막을 향해 가시덤불을 달렸다. 나도 나뭇가지를 바닥에 내팽개치고 달렸다. 지그재그로 따라갔다.

몇 초 뒤, 총알이 나무 몸통에 맞고 튕겨 나오는 소리가 들렸다. 다른 총알은 내 머리 위로 벌처럼 윙 지나갔다. 우리 발 주변에서 총탄들이 모래 먼지를 일으켰다. 우리는 시야에서 멀어질 때까지 언덕의 굴곡을 따라 내달렸다. 허벅지가 타들어 가고 입이 바싹 말랐다. 내 뒤에서 고함이 들렸다. 그러나 뒤돌아보지 않았다. 비니가 앞에서 달렸다. 그의 팔이 공기를 가르고 다리를 내디딜 때마다 먼지바람이 일어났다.

머릿속은 오로지 한 단어로 가득 찼다. 달려라! 달려!

국경에 다다라 그걸 가로지르는 장면을 상상하며 뛰었다. 어느 순간 다리가 떨어져 나가고 가슴에 불이 붙은 듯 뜨거웠다.

비니 역시 그걸 느낀 모양이었다. 속도가 느려졌다. 미끄러지듯 멈춰 서서 어깨너머로 서로를 바라봤다. 저 너머 수용소 사이에 놓인 언덕 외에 아무것도 보이지 않았다. 디젤 엔진이 시동을 거는 소리가 들려왔다. 트럭이 두 대인 모양이다.

주위를 넓게 둘러보며 표면이 물렁한 땅을 찾아 눈을 깔고 천천히 달렸다. 비니가 길게 금이 간 지점을 가리켰다. 골이 깊어 보이진 않았지만 그게 유일한 희망이었다. 무릎을 꿇고 앉아 손으로 땅을 짚어 보았다. 바위처럼 딱딱하지는 않았지만 그렇다고 무르지도 않았다.

엔진 소리가 더는 들들 거리지 않고 트럭이 움직이는 듯 그르렁거렸다. 소리가 점점 커졌고 우리는 곧 그들의 시야 속으로 들어갈 것이다.

비니가 개처럼 흙더미를 사타구니 뒤로 내던지며 땅을 파기 시작했다. 나도 따라 했다. 몇 초가 지나자 손끝에 감각이 없어지고 피가 흘렀다. 깊이 파지 않고 금을 따라 길게 팠다.

"누워." 비니가 급하게 소리쳤다. "머리를 내 발 쪽에 놓고 몸에다 흙을 뿌려."

금을 따라 얼굴을 바닥으로 하고 누웠다. 가능한 한 몸을 땅에 깊숙이 박아 넣었다. 숨을 참느라 가슴이 들썩거렸다. 입을 벌리고 숨을 쉬니 모래와 흙으로 혀가 뒤덮였다. 뺨은 땅의 온기로 따스했다.

트럭이 우르릉거리는 소리가 빠른 속도로 커졌다. 너무 긴장해서 숨이 멎을 것만 같았다. 우리가 그저 사막에 불쑥 튀어나온 작은 바위 둔덕처럼 보이기를 간절히 기도했다.

트럭이 가까이 다가오자 바위와 모래 위로 트럭의 진동이 느껴졌다. 증발되어 먼지처럼 사라졌으면 좋겠다 싶었다.

트럭에서 외치는 소리가 들렸다. 그 소리는 차가 지나가자 점차 줄어들었다. 교도관들은 먼지바람 때문에 시야를 확보하지 못한 모양이었다. 그들은 지평선을 따라 달리는 두 물체를 찾고 있음이 분명했다.

나는 꼼짝 않고 엎드려 있었다. 얼굴 위에 놓인 비니의 발에도 미동이 없었다. 몇 초가 마치 평생처럼 느껴졌다. 트럭 엔진 소리를 들은 지 삼십 분쯤 지났을까. 고개를 들거나 다른 동작을 하지 않았지만, 어느덧 밖이 어두워진 걸 알았다. 트럭이 내 다리 바로 옆을 지나면서 먼지바람을 일으켰다.

다시 고요해졌을 때는 전에 없이 적막했다. 담요를 뒤척이는 소리도, 기침 소리도 나지 않았다. 일주일 만에 처음으로 아무 소리도 들리지 않았다.

비니가 옷에서 먼지를 털며 일어나 앉는 소리가 들렸다. 나도 일어나 앉았다. 우리는 수용소 쪽을 바라봤다. 지평선에 아무것도 없었다. 수용소는 여전히 언덕 너머에 있었고, 하늘이 살짝 더 어두워졌다.

얼굴에 묻은 먼지를 털며 입에 들어간 흙을 뱉었다. 우리는 서로 바라보며 웃었다.

"우리를 밟고 지나가는 줄 알았어." 비니가 말했다.

"그랬다면 정말 사달 났겠지." 내가 말했다. 탈옥에 성공할 것 같은 예감에 머리가 아찔했다.

"빵 좀 줘봐." 비니가 부탁했다. "나는 물을 좀 줄게."

물 없이 빵을 우물거렸다. 입에 고인 침으로 빵을 적셔 간신히 삼켰다. 물이 너무 소중해 나는 다섯 조각 먹은 후에 물병을 입에 갖다 댔다가 닫았다.

"잠깐만 쉰 다음 움직이자." 비니가 말했다.

"아침이 되기 전에 국경에 다다를 수 있을까?" 내가 물었다.

"물론이지. 일주일 동안 한 게 없잖아. 제대로 운동을 할 타이밍이야."

나는 다시 웃었다. 그러다가 갑자기 진지해졌다. "있잖아. 우리가 다른 죄수들 이름과 전화번호를 외웠잖아. 근데 우리끼리는 번호를 안 가르쳐 줬는데 어쩌지?"

비니가 고개를 한쪽으로 우스꽝스럽게 기울였다. "오래간만에 좋은 지적인데! 일단 내가 너한테 우리 엄마 번호와 런던에 있는 사촌의 번호를 줄게. 어때?"

비니에게 엄마 번호와 바타 삼촌의 번호, 그리고 영국에 산다는 지인의 번호를 주었다. 이미 알고 있었지만 다시 한번 친척들이 사는 주소를 외웠다.

"만에 하나 우리 중 한 명만 국경을 건너 전화를 걸 기회를 잡을 경우를 대비해서야!" 내가 말했다.

비니가 고개를 주억주억했다.

걷기 시작했다. 다리가 뻣뻣하고 배가 꼬르륵거렸다. 빵을 먹었으니 이제 제대로 식사를 시작해야 한다는 바보 같은 함정에 위가 또 빠진 모양이다.

잠시 뒤, 비니가 뛰기 시작했다. 우리는 해를 뒤로하고 남동쪽에서 별이 뜨는지 살피며 뛰었다. 공기에서 흙냄새가 났다. 들리는 거라고는 신발이 규칙적으로 바닥에 닿는 소리뿐이었다. 사방이 사막이었고, 짙은 파란 하늘은 점점 검게 물들어 갔다.

시간이 흐르면서 달리기에 리듬감이 붙자 몸이 훨씬 나아졌다. 발을 딛는 소리 말고는 적막뿐이었다. 갑자기 비니가 바닥으로 주저앉았다. 얼결에 나도 따라 앉았다.

"뭔데?" 내가 귀엣말을 했다.

"국경선을 얼핏 본 것 같아." 비니 역시 속삭였다.

기껏해야 삼십 분 정도 달렸을 뿐이었다.

"이렇게 빨리?" 내가 말했다.

겨우 몇 킬로 왔을 거라고 짐작했다.

도마뱀처럼 엎드려 팔꿈치로 기어 앞으로 나아갔다. 뚫어져라 쳐다봤지만 아무것도 보이지 않았다. 국경선 같은 거는 없었다.

"비니, 국경선은 없어. 그냥 지평선이야."

"네 말이 맞구나. 아직 너무 이르지. 내 희망 사항이었어."

"맞게 가고 있겠지?"

비니는 고개를 젖혀 드넓은 하늘을 바라봤다. 제일 밝은 별이 우리 왼쪽에 있었지만 어느덧 작은 별들의 은빛 배경에 묻혀 희미해져 버렸다. 마치 우주가 멀리 팽창해가는 느낌을 주었다.

"맞게 가는 것 같아. 달이 뜨면 더 확실해지겠지. 최대한 멀리 가야 해. 달빛 속에서는 우리가 눈에 더 잘 띌 거야."

"국경만 넘으면 음식을 좀 얻을 수 있을까?"

"그럼." 비니가 응답했다. "테스파이가 스파게티랑 아이스크림 파는 식당이 나온다고 말했던 거 기억하지? 감시탑을 지나면 바로라고 했잖아? 감시탑에서 망보는 그들도 눈코 뜰 새 없이 바쁘지 않다면 식당 일을 돕겠지?"

"하하하."

말도 안 되는 우스갯소리를 하다 보니 왠지 국경선을 넘는 것도 가능할 것 같았다. 웃다 보니 빵 몇 조각이 든 천 주머니와 찌부러진 물병이 전부라는 사실이 그리 심각하게 여겨지지 않았다.

"영국에 가기만 하면 아이스크림을 매일 먹을 거야."

"에미리트 스타디움에서 아스널 축구 경기를 관전해야지?"

"물론 봐야지!" 내가 화답했다.

아직 국경을 건너지 못했는데도, 광활한 사막과 하늘에 둘러

싸였다는 사실만으로도 우리는 아찔한 흥분에 들떴다. 다음 시험을 치르기 전에 승리를 만끽하는 걸 둘은 암묵적으로 동의한 것 같았다.

일어섰을 때 뒤에서 뭔가 우르릉거리는 소리가 들렸다. 헤드라이트 두 개가 움직이는 게 보였다. 그들이 다시 우리를 수색하고 있었다. 어쩌면 더 많은 병력을 동원해서.

헤드라이트가 우리 방향으로 향했다. 빛이 우리와 점점 가까워졌다.

"좋아, 어느 쪽이든, 달리자." 비니가 말했다.

말할 필요도 없었다.

나는 눈을 깔고 달렸다. 달이 아직 뜨기 전이었다. 땅이 울퉁불퉁하고 작은 돌로 덮여 있었다. 백 미터쯤 갔을 때, 헤드라이트가 정면으로 우리를 향해 비췄다. 디젤 엔진이 낮게 웅웅거리는 소리가 들려왔다. 트럭을 누가 몰든 더 이상 빨리 몰 수 없을 정도로 빠르게 다가왔다.

비니는 나보다 이십 미터쯤 앞서 있었다. 앞에 어디 숨을 곳이 있나 찾았다. 왼쪽에 낮은 언덕이 불쑥 솟아 있었다. 눈을 거기에 고정한 채 속도를 유지했다. 걸음이 느려지면 안 되었다. 숨이 가쁘고 바닥이 꺼질 것 같았지만 더 속도를 냈다. 비니를 따라잡았다. 트럭 엔진 소리가 다가오자 숨소리와 발소리가 묻혔다.

옆에서 먼지바람이 일었다. 총알이었다. 우리를 맞힐 만큼 가까웠다. 본능적으로 고개를 숙이고 넘어지지 않도록 조심했다. 비니도 마찬가지였다. 땅에서 먼지바람이 더 일었다.

비니가 몸을 떨면서 악 소리를 내더니 넘어졌다. 한 팔을 움켜잡았다.

그 옆에 내가 미끄러지면서 멈췄다.

"무슨 일이야?" 숨을 참으며 내가 소리쳤다.

"팔에…우쉬!…맞았어." 비니가 헐떡였다.

팔을 잡은 손가락 사이로 검은 액체가 흐르는 것이 보였다. 바닥 위로 피가 떨어졌다.

비니는 비틀거리며 일어나 걷기 시작했다. 발을 디딜 때마다 상처에 진동을 줬다.

눈을 질끈 감은 채 비니가 외쳤다. "먼저 가!"

트럭이 거의 우리를 따라잡았다. 총탄이 발 위로 윙 하고 지나갔다.

"가. 도망가." 비니가 발악하듯 소리쳤다.

트럭이 다가오자 헤드라이트가 노란빛을 우리 주위에 비췄다.

나는 비니의 얼굴을 바라봤다. 눈에 한가득 절망이 보였다. 내가 달리기 시작하자 멀쩡한 팔로 물병을 내게 집어 던졌다.

트럭 쪽에서 외치는 소리가 들리고 발바닥 근처에 총알이 꽂혀 모래바람이 일었다. 나는 속도를 올렸다. 트럭이 더 이상 따라오지 않았다.

비니가 교도관들에게 악을 쓰는 소리가 뒤에서 들렸다.

일부러 속도를 늦추려고 하지 않았지만, 저절로 발걸음이 멈춰지고 비니를 돌아보는 나 자신을 봤다. 비니는 성한 팔을 휘둘러 펀치를 먹이면서 헛발악을 했다. 내가 도망갈 시간을 벌어주려는 거였다.

터져 나오는 울음을 삼키며 계속 달렸다. 눈물이 앞을 가렸지만 지평선 근처에 낮은 언덕이 있는지 살폈다.

뒤에서 총성이 두 번 울리더니 조용해졌다.

낮은 바위 언덕에 이를 때까지 얼마나 오래 달렸는지 알 수 없었다. 내 뒤에서 트럭이 빙빙 돌고 있음을 알았다. 그 헤드라이트가 나를 직접 비추지 못하면 나를 찾을 수 없다는 것도 알았다. 비니는 내가 오백 미터가량 도망갈 시간을 벌어주었다. 그정도면 충분했다. 언덕을 지름길로 기어올랐다. 차가운 공기를 막아줄 울퉁불퉁 튀어나온 곳이 있었다. 십 미터쯤 올라 두 바위 사이에 몸을 숨겼다.

마지막으로 지평선을 훑어보았다. 아무것도 보이지 않았다. 검은 사막뿐이었다. 모래와 바위가 달빛을 받아내고 있었다. 저기 어둠 속 어딘가에 친구가 있다. 나는 공처럼 몸을 말았다. 몸도 마음도, 의식을 붙잡을 수 없었다. 나는 꿈도 없는 깊은 잠에 빠져들었다.

국경

•

　무언가가 발 위로 스멀스멀 기어올랐다. 반쯤 잠이 깬 상태였다. 눈을 뜨고 고개를 들지 않은 채 내려다봤다. 작은 생물체가 다리를 기어오르는 게 느껴졌다. 뱀이라면 미동도 없이 가만히 있어야 한다.

　다리 한쪽에 작은 귀 두 개가 솟았다. 쥐였다. 빵 냄새를 맡은 모양이었다. 손바닥으로 바닥을 쿵 내리쳤다. 쥐가 찍찍거리며 달아났다. 쥐가 고마웠다. 얼마나 오래 잤는지 알 수 없었다. 고작 한두 시간 잤기를 바랐다. 달이 여전히 낮게 떠 있었다.

　배가 고프진 않았지만 빵 두 조각을 먹고 물 두 모금을 넘겼다. 많이 먹고 마시면 안 될 것 같았다.

　천천히 몸을 일으켰다. 다리와 팔 근육이 뻣뻣하고 아렸다.

　동쪽으로 걷기 시작했다. 나는 로봇이었다. 한 발이 앞서며 뒷발이 다시 앞으로 나아가는 로봇이었다. 인간 시프는 어딘가 휘발되었다. 인간의 모습으로 다시 돌아올 수 있을지 알 수 없었다. 걷고 또 걸었다. 태양이 지평선 너머로 가늘게 빛을 쏘았다.

얼마나 오래 달리고 걸었는지에 대해서만 집중했다. 계산이 맞다면 적어도 삼십 킬로는 이동했을 것이었다. 테스파이 말로는 국경은 수용소에서 십 킬로 떨어져 있다.

내가 전혀 엉뚱한 방향으로 갔거나 국경에 대한 테스파이의 정보가 틀렸던 것이다. 어딘가에 장벽이 있겠지만 여기는 아니었다. 감시탑도 없었다. 마을이든 도시든 멀리 떨어져 있으니까 군인들은 그 누구도 탈출할 수 없을 거라 확신했을 터였다. 하지만 절박한 사람들의 잠재력을 너무 과소평가했다. 나는 인지하지 못하는 사이에 다른 나라로 넘어와 버렸다. 유일한 증인이라고는 모래와 바위 사이에 사는 작은 생명체뿐이다.

사막

태양이 뜨거워지기 전에 최대한 멀리까지 가야 하는 건 알았다. 왜 그런지 모르겠지만 에너지 저장고가 완전히 바닥난 것 같았다. 몸이 천근만근이다.

　테스파이가 준 정보를 불러내려 애썼지만 집중할 수가 없었다. 관심을 쏟을 무언가가 필요했다. 내 사고를 빨아들이겠다고 위협하는 블랙홀과 같은 잡념을 떨쳐내야 했다. 국경을 지난 다음에는 남서쪽으로 가라고 했었다. 일단 난민 캠프에 가면 북쪽 해안으로 가도록 도와줄 사람을 쉽게 찾을 수 있을 터였다. 그 다음에는 유럽이었다. 브로커는 셀 수 없이 많으니까 흥정하기가 쉬울 것이다. 테스파이는 난민 캠프까지 얼마나 걸릴지 자신은 모른다고 했다. 어쩌면 이틀이고 또 오 일일 수도 있다고 했다. 더 걸린다면 큰일이었다. 물도 삼 분의 이나 마셨고, 빵은 반이나 사라졌다.

　캠프에 갇혔던 동안 음식을 제대로 섭취한 적이 없었기에 체력은 이미 떨어질 대로 떨어졌다. 남쪽을 바라보니 크고 둥글며

붉은빛이 나는 산들이 왼쪽에 어렴풋이 보였다.

아침 햇볕이 어둠을 걷어내니 좋았다. 모래자갈을 밟는 규칙적인 발소리 외에는 아무 소리도 들리지 않았다. 지쳐 아무 감정도 느껴지지 않았다. 얇은 막이 한 꺼풀 몸을 감싼 것만 같았다. 뭔가 무겁고 질긴 막이.

허리춤에 묶어 놓은 빵 주머니를 내려다보느라 발밑에 뾰족이 솟은 돌멩이를 보지 못했다. 발목이 꼬이더니 바닥에 나동그라졌다. 통증이 발을 통해 다리로 올라왔다. 잠시 뒤, 발목이 붓기 시작했다. 발에 힘을 줄 수 없어 절름거렸다. 걷는 것 이상으로 더 많은 에너지가 소비되었다.

열기가 지글거려 땀이 얼굴을 타고 내려오다 목에 닿기도 전에 증발했다. 얇은 소금 막이 몸을 덮어 웃옷이 달라붙었다. 물이 바닥을 드러냈다. 앞에 작은 가시덤불이 있길래 태양의 열기가 사그라질 때까지 쉬어가려고 했다. 얼마 남지 않은 체력마저 휘발돼 버릴 것 같았다.

앉기 전에 낮은 엔진 소리가 앞쪽에서 들려왔다. 지평선에서 먼지바람이 일더니 트럭이 달려왔다.

바닥으로 몸을 던졌지만 늦었다. 누가 트럭을 몰든 나를 목도했을 터. 일어나 앉았다. 어차피 숨을 곳도 없었다.

트럭이 다가오자 눈을 들어 뒤에 탄 남자를 보았다. 군복 대신 긴 디시다샤[1] 복장을 한 채 머리에는 밝은 케피에[2]를 두른 풍모였다. 군인이 아니었다.

가슴에서 작은 희망의 불꽃이 일었다. 난민 캠프에서 나를 구하러 온 게 아닐까, 나를 트럭에 태워 거기로 데려가지 않을까 싶었다.

그 남자들이 호의적인 느낌으로 손을 흔들었다. 물을 줄지도 몰랐다. 나는 절뚝거리며 트럭 쪽으로 나아가면서 손을 흔들었다. 발목이 부어 왼발을 땅에 디딜 때마다 아파 참을 수가 없었다.

막 걷기 시작했을 때, 남자가 손을 흔드는 걸 멈추었다. 트럭이 이십 미터쯤에서 멈추었다. 다른 남자에게 뭐라고 떠들더니 나를 가리키며 말했다. 다투는 것 같았다. 둘 중 하나가 공중에서 손을 휘젓더니 자리에 앉았다. 운전사가 액셀을 밟았다. 트럭이 크게 회전하더니 온 방향으로 다시 돌아갔다.

다시 주저앉았다. 내가 이 세상에 살아남은 마지막 사람인 것 같았다.

---

1. 이슬람교도 남자의 전통 복장으로 발목까지 모두 흰색인 긴 옷.
2. 이슬람교도 남자의 전통 복으로 쓰는 흰 두건.

수수께끼

●

    그 남자들은 반겨주는 것 같더니만, 왜 나를 사막에 버려둔 채 차를 몰고 가버렸을까? 다친 데다 가방도 없는 걸 알아봤을 텐데. 음식이 없다는 것을 알았을 텐데.

    만약 국경을 넘지 못한 상태라면 어떻게 되는 걸까? 엉뚱한 방향에서 헤매고 있다면? 그리고 그 사람이 군대에게 보상을 받고 나를 넘긴다면?

    비니가 같이 있었다면 무슨 일인지 얘기를 나누고 서로를 안심시켰을 텐데.

    빵을 사 분의 일만 남기기로 마음먹었다. 이제 네 조각밖에 남지 않았다. 물 몇 방울로 입을 축였지만, 물병에는 갈증을 한 번 해소할 정도의 양도 남지 않았다. 다시 가시덤불 옆에 앉았다. 계속 앉아있으면 몸이 가시가 달린 나뭇가지처럼 변할 것 같았다.

    태양이 낮게 떨어지자 간신히 일어나, 트럭이 왔던 쪽으로 절면서 나아갔다. 난민 캠프를 향해 최대한 가까이 가야 했다. 무너질 때까지 걸을 것이다.

도움

평퍼짐한 붉은 언덕이 점점 더 가까워지고 커졌다. 이제까지 보아온 산과 확연히 달랐다. 거의 수직으로 솟아 마치 향신료 가게에서 손님을 유인하는 파프리카 더미 같았다. 절뚝거리며 산의 입구에 다가가자, 내가 아까 본 것이 캠프가 아니라 마을임을 알았다. 푸른 나무들 사이로 하얀 건물들이 보였다. 마을 앞은 야자수 같은 나무가 들어찬 벌판이었다.

　　발목이 욱신거렸지만 갑자기 어디에서 오는지 모를 에너지가 돌아왔다. 마을에는 물도, 음식도, 쉴 곳도 있을 터. 하지만 물과 음식을 구하려면 돈이 필요했다. 두뇌에 열기가 끓어오르자 엄마가 돈을 신발 바닥에 넣고 꿰매준 기억이 떠올랐다.

　　두 시간쯤 지났을까. 마을 가장자리의 첫 건물에 다다랐다. 현기증이 나 정신을 차릴 수가 없었다. 입이 바싹 말라 침을 삼킬 수 없었다. 태양이 내리쬐었지만 더 이상 땀이 나는 것도 못 느꼈다. 작은 아이들이 웃고 떠들며 옆을 지나갔다. 모래사막 끝은 마을로 향하는 넓은 흙길로 연결되어 있었다. 마을 한쪽에 주택과

과일나무 들이 보였다. 어떤 과일나무는 길 위로 늘어져 작은 그늘을 드리웠다. 신발 안에 숨겨진 지폐나 동전을 찾아야 했다.

나는 손을 바닥에 대고 무릎으로 기어 그늘로 향했다. 작은 자갈에 피부가 쓸렸지만 시원한 안식처에 다다를 수 있었다. 주변의 소리가 사라지듯 점점 희미해졌다.

막 의식을 잃을 찰나에 누군가 내 어깨에 손을 얹는 것을 느꼈다. 어떤 사람이 나를 흔들었다. 알 수 없는 언어로 떠들더니 내 앞 흙바닥에 동전을 떨어뜨렸다. 가장자리는 금빛이고 안은 은색이었다. 언뜻 보기에도 유난히 반짝인다 싶었다. 우리 나라 동전은 은화였다. 동전 가장자리에는 자유, 박애, 정의라는 글자가 쓰여 있었다. 이 동전에는 뭐라고 쓰여 있는지 알 수 없었다. 나는 결국 국경을 넘은 것이다. 이곳은 다른 나라의 마을이었다. 여기서는 아무도 나를 모를 것이다. 그 누구도 나를 찾지 않을 테고.

동전을 바라보니 고마웠지만, 무엇을 사러 가기 위해 일어날 기력이 없었다. 또다시 까무러진다면 깨어나지 못할 것 같았다. 어렴풋이 수용소에 있던 사람들과 비니가 떠올랐다. 그들은 아니지만 나는 자유의 몸이 되었다. 누군가 와서 나를 도와줄지도 모른다.

뒤에서 목소리가 들려왔다. 소년 둘이 당나귀에 양파를 싣고 걸어왔다.

입을 가리키며 뇌까렸다. "물 좀."

한 소년이 빵 한 조각을 주었다.

물을 마시는 시늉을 하자, 염소 가죽 물병을 건넸다. 한 모금을 마시고 또 마셨다. 자기들이 한 생명을 구했다는 사실을 알려나. 또 내 목숨은 몇 번을 더 구해지면 운이 다하려나?

태양이 넘어갈 무렵, 넓은 흙길을 따라 시장을 찾아봐야겠다고 마음먹었다. 구부러진 길을 따라 돌자, 오토바이들이 빵빵대는 소리가 들렸다. 음식 냄새도 났고 소 떼 소리도 들렸다. 음식 냄새가 천지를 진동시키는 것 같았다. 오감이 깨어나니 허기가 몰려왔다. 지나가는 사람들에게 내가 어떻게 비칠까 걱정되었다. 불쌍한 노숙자로 보일지 모른다. 엄마는 그런 사람들을 경찰이 데려가기 전에 몇 푼 집어주곤 했다.

다음 골목을 돌자 시장 끄트머리가 보였다. 포장이 깔린 중심부에서 조금 떨어진 곳에 좌판이 늘어서 있었다. 바닥에는 채소와 향신료 바구니, 바나나 송이들과 곡식 더미를 늘어놓은 깔판들이 깔려 있었다.

한 남자가 땅바닥에 쪼그리고 앉았고, 그 옆 양동이에 물병이 가득했다. 동전을 건네자 그 남자가 물을 주었다. 내가 잔돈을 달라고 손을 내밀자 우수리를 주었다. 나는 '안녕하세요'나 '감사합니다'를 이 나라 언어로 어떻게 말하는지 몰랐다.

포장이 깔린 중심 지역에는 앞면이 유리로 된 키오스크[1]가 있었다. 안에는 빵이 가득했다. 나는 절름거리며 다가가 여자에게 돈을 건넸다. 다른 여자들처럼 밝은색 두건을 두르고 있었다. 고국 여자들이 쓰는 흰 네텔라[2]와 사뭇 달랐다. 여자가 잔돈 없이 빵 두 개를 주었다.

나는 먹고 마실 한적한 곳을 찾았다. 자유의 몸임을 깨닫자 외로움이 스멀스멀 올라왔다. 다른 사람들이 유심히 안 보는 거로 봐서는 내 행색이 다른 소년들과 크게 다르지 않은 게 분명했지만, 그들은 나를 지켜보고 있었다. 왠지 사람들의 시야에서 벗어나는 게 좋을 것 같았다.

비니라면 어떻게 했을까? 아마 밤을 보낼 안전한 장소를 찾겠지. 그는 포기하지 않으니까. 논리적으로 사유하려고 노력했다. 나는 발목 때문에 멀리 갈 수 없다. 발목이 두 배로 퉁퉁 부었다. 그리고 체력이 바닥났다. 시장 어귀의 한산한 장소를 찾아 몸을 누일 수도 있을 것이다. 시장 바닥에서 오래된 음식을 찾을 수 있을 테고. 그중에 먹을 만한 음식이 있을 것이다.

한 번도 혼자 지낸 적이 없었다. 스스로를 돌볼 필요가 없었으니까. 항상 누군가가 나를 챙겨주었다. 앞으로 영영 고향 사람들을 구경도 못 할지 모른다는 예감이 문득 들었다. 얼음 같은 냉기가 척추를 관통했다. 엄마나 렘렘, 비니의 얼굴을 볼 수만

---

1. 공공장소에 설치된 부엌 겸모 던말기, 자판기의 일종이다.
2. 이슬람교도 여자들이 머리에 쓰는 얇은 흰 천.

있다면 그 무엇이라도 내어줄 수 있겠다 싶었다. 내가 어디서 잘지, 무얼 먹어야 할지 그들에게 묻고 싶었다. 내 손을 잡아주고, 침대를 챙겨주고, 따뜻한 음식을 가져다줄 사람이 절실했다. 여기서는 굶어 죽을 것 같았다. 혼자서는.

*

어둠이 깔리자 시장은 텅 비었다. 시장 사람들이 플라스틱 깔개가 달린 좌판을 접거나, 깔판에 늘어놓았던 것들을 둘둘 말았다.

밀가루와 곡식 포대 뒤에 숨어서 시장을 순찰하는 두 남자를 지켜보았다. 두 남자는 시장 골목마다 다니며 낙오자들이 있는지, 혹시나 장사꾼들의 물건을 훔치는 이는 없는지 살폈다. 내가 숨은 곳까지 오려면 통로 세 개가 남아 있었다.

당장은 그들보다 더 빨리 뛸 방법이 없었다. 나는 몸을 숨길 곳이 없는지 둘러보았다. 뒤에 높이 쌓인 포대들이 보였다. 양철 지붕과 촘촘한 금속 서까래 사이에 좁은 틈이 나 있었다. 거기에 기어오른다면 관리인의 시선에서 벗어날 수 있을 것 같았다. 이제 두 개의 통로만이 남았다. 남자들이 길목에 늘어놓은 포대와 양동이 쪽으로 슬금슬금 다가왔다. 그들은 자신들의 대화에 정신이 팔려 있었다. 나는 멀쩡한 다리를 이용해 몸을 밀면서 포대

더미 위로 기어올랐다. 순찰대가 말을 멈추자 나는 그대로 얼어붙었다. 텅 빈 시장을 훑어보던 남자들이 나를 똑바로 바라봤다. 내 몸이 포대를 끌어안고 있었다. 잠시 뒤, 그들은 대화를 재개했고 나는 다음 포대 위로 기어올라 철제 빔 위에 다다랐다.

옆으로 쥐들이 달아났지만 개의치 않았다. 나는 벽과 지붕이 만나는 지점 옆에 있는 두 개의 빔에 몸을 걸친 뒤 숨을 헐떡였다. 팔이 후들거리고 발목이 욱신거렸지만 내게는 빵과 물, 쉴 곳이 있었다.

마비

·

시장 상인들이 좌판을 벌이거나 물건을 부리며 떠드는 소리에 잠을 깼다. 자는 동안 팔다리가 금속 빔에 눌려 쑤셨다.

추웠다. 사람들이 나누는 일상적인 소란을 한쪽 귀로 흘려들으며 누워 있었다. 가끔 비니에게 말을 걸려고 나도 모르게 뒤척였다. 비니가 옆에 없는 걸 아는데도. 비니가 바로 옆 서까래나 밀가루 포대 위의 그림자처럼 보고 있다는 착시가 자꾸 들었다. 일종의 마인드 컨트롤 게임 같은 거였다. 기대하는 대로, 보고 싶은대로 나에게 보여주기. 비니의 얼굴이 문득문득 떠올랐다. 나에게 도망가라고 소리치는 형상이었다. 정말 버려두고 가기를 원했던 걸까? 아니면 트럭이 다가오더라도 함께 있기를 바랐던 건 아닐까? 뜨거운 눈물이 눈꼬리에 찼다. 눈물을 떨어내려고 눈꺼풀을 깜빡였다. 한 번 울기 시작하면 멈추지 못할 테니까.

잠깐 졸다 기도 시간을 알리는 종소리에 깼다. 여전히 누워 귀를 기울였다.

삼십 분쯤 지났을까. 배가 너무 고팠다. 마지막 빵 조각은 먹어치웠고, 물은 조금 남았다. 지붕이 덮인 시장 구역 밖에서 한 남자가 수레에서 적양파 자루를 꺼내 바닥에 깐 담요에 부렸다. 다채로운 색상의 우산 그늘에는 여자가 앉아 있었다. 여자는 더러운 양파 껍질을 벗겨 한데 모아 버렸다.

나는 천천히 움직여 서까래에서 포대 맨 위로 내려온 뒤, 조심스럽게 바닥으로 미끄러졌다. 그 여자에게 비틀거리며 다가가 양파를 가리켰다. 처음에는 내가 양파를 사려는 줄 알았지만, 다시 보더니 뭘 원하는지 알아챘다. 여자가 바닥을 가리켰다. 나는 양파 까는 일을 시작했다. 그 일은 집중을 요하는 작업이라 마음을 차분하게 가라앉혔다. 일을 마치자 그 여자가 나에게 동전을 주었다. 나는 그걸로 빵 두 개를 사서 곡식 포대와 서까래가 있는 곳으로 돌아갔다.

나머지 시간 동안에도 누워만 있었다. 자지도 깨지도 않은 상태로, 몽롱한, 내 의식은 그 중간쯤 어딘가에 머물렀다. 시장의 소음이 위안이 되었다. 덕분에 비니의 생각이 내 마음에 끼어들 틈이 없었다.

어둠이 깔리자 상인들이 짐을 쌌다. 그 적막이 무서웠다. 하지만 진이 다 빠져 잠이 쏟아졌다. 쥐들이 내 다리를 따라 달려 좌판들 사이로 돌아다녔다. 개가 몇 번 짖더니 조용해졌다.

*

기도 시간을 알리는 종소리에 깼다. 종소리가 나와 마을을 연결해 주는 듯했다. 이제 곧 다른 사람들도 깰 참이었다. 컨테이너에 남은 사람들을 떠올렸다. 천장에 뚫린 총구멍으로 들어온 동그란 햇빛에 잠을 깼었다. 잠시 그들과 거기에 있을 비니를, 나 없이 깨어났을 비니를 상상했다. 마음은 이미 알았다. 비니는 여기에 없는 것처럼, 컨테이너에도 없으리라는 것을. 차마 총알이 비니의 몸을 뚫고 지나가는 장면을 상상할 수가 없었다. 수업 시간에 옆에 앉았던 비니를 기억하려고 애썼다. 환하게 웃는 비니, 살아 있는 비니, 하지만 그 흔적은 연기처럼 사라졌다.

시장이 다시 활기를 띠었다. 여성 잡화점을 쳐다보았다. 여자들은 물건을 살펴보고 테스트를 하고, 가격을 묻고 고개를 흔들고, 상인이 더 좋은 가격을 제시할 때까지 뒤돌아서는 시늉들을 했다. 물건을 정리하는 상인들을 관찰했다. 그냥 쌓거나 모양을 내 진열하고, 무게나 길이를 재고, 서로 소리치며 웃는 행복을. 오전 시간이 흐르자, 시장은 사람들로 북적거렸다. 오늘은 양파 장수가 보이지 않았다.

서까래를 따라 뒤로 기어가 포대를 타고 바닥으로 내려가는데 발목이 아팠다. 금속 냄비와 팬을 파는 남자에게 비틀대며 다가갔다. 새로 배달 온 물건들이 먼지에 싸여 있는데, 남자는 좌판이 바빠 손쓸 틈이 없었다. 내가 새 물건들을 닦아 광을 내 주겠다고 몸짓을 했다. 남자가 고개를 주억거리더니 천을 던져 주었다. 그렇게 얻은 동전으로 빵과 물을 샀다. 다시 고통스럽게 기어올라 지붕 아래 안식처로 향했다.

*

　그다음 며칠도 별일 없이 흘러갔다. 발목은 덜 알알했지만, 나는 내 몸을 제대로 건사하지 못했기에 점점 해골이 되어 갔다. 상인들은 내가 서까래 위에서 잔다는 사실을 알았지만 신경 쓰지 않았다. 비니라는 블랙홀이 내 모든 관심을 빨아들이고 있다는 것을 알았다. 비니 없이 혼자 여행한다는 자각을 견딜 수가 없었지만, 한편으로는 비니가 영영 함께할 수 없다는 사실도 알았다. 비니는 내가 계속 쥐들과 서까래에서 동거하는 걸 못마땅하게 여겼을 것이다. 엄마도 마찬가지였을 것이고. 이렇게 지내라고 엄마가 푼푼이 모은 돈을 털어 나를 딴 나라로 빼돌리려고 했던 게 아니었을 테니까. 내가 만약 컨테이너에서 같이 지내던 사람들의 사연을 전하러 영국에 가지 않는다면, 누가 할까?
　그들이 가장 한탄스러워할 일이 벌어질지 모른다. 그들은 거기서 죽을 것이다. 그리고 그걸 아는 사람은 아무도 없을 것이다.
　어떻게 할지 상의할 사람이 아무도 없었다. 뭐가 진짜 중요한 일인지 순번을 정하기가 어려웠다. 이 마을에서 비명횡사는 않겠지만, 컨테이너 사람들은 나한테 기대를 걸고 있었다. 하지만 내가 돌볼 사람들은 머나먼 곳에 있었다. 나는 지붕을 오르내릴 기력도 없었다. 누군가 웃어 주고, 안아 주고, 내가 알아들을 수 있는 친절한 말 한마디 나눌 사람이 간절했다.

누워 있는 동안 이런 간구들이 내 머릿속을 맴돌았다. 비니라면 어땠을까? 비니라면 계획을 세웠을 것이다. 내게는 내가 해결할 수 없는 문제가 한 가지 있었다. 나는 사하라사막을 건너 나를 북쪽 해안에 있는 보트로 데려다줄 브로커를 만나야 한다. 그런데 나는 이곳 언어도 못하고 지인이나 신뢰할 만한 사람도 없었다. 이 문제가 오늘 밤 다시 내게 슬금슬금 기어들어 오는 어둠을 멈추게 할 것이다.

희망

몇 명의 손님들이 시장으로 흘러들자 떠드는 소리가 시끄러워졌다. 내게는 외국어일 뿐이었다. 익숙한 명함이 내 머리를 부유했다. 갑자기 몇 단어가 지붕 위로 올라왔는데 내가 아는 말이었다. 급히 고개를 돌려 어떤 사람이 밑에 있는지 살펴보았다. 발목을 잡고 가쁜 숨을 참았다.

　　한 소녀가, 동갑내기쯤 되는 여자아이가 나이 든 여자 옆에 서 있었다. 둘 다 머리에 흰 네텔라가 아니라 색 스카프를 둘렀다. 여자는 밀가루를 주문하고, 아이는 설탕을 사도 되냐고 물었다. 여자가 안 된다고 하자 아이가 얼굴을 찌푸렸다. 학교에서 여자아이들에게 말을 붙여본 적이 없지만, 지금은 그들에게 소리치고 싶었다. 알은척을 하고 싶었다. 하지만 나는 시장 안쪽 다른 좌판으로 사라져가는 그들을 멀뚱히 지켜봤을 뿐이다.

　　위가 텅 빈 느낌이 들었다. 기갈이 아니었다. 음식을 구하러 아래로 내려가거나 시장 상인들에게 일을 구해야 했지만, 다음 날 다시 그 엄마와 딸을 조우할 수 있기를 바라는 마음뿐이었다. 그들은 여기서 뭐 하는 걸까? 틀림없이 나처럼 탈출했을 것이다. 그들에게는 쉬웠을까? 북쪽으로 갈 방법을 찾고 있는 걸까? 왼쪽 발을 움직였다. 신음을 내지 않고 발목을 약간 구부렸다.

그들을 보는 것, 그들의 말을 듣는 것, 그게 바로 내가 필요한 포옹과 미소 그리고 친절한 말이었다. 갑자기, 살아남는 것보다 그걸 더 원했다.

다음 날, 모녀가 다시 왔다. 전처럼 가깝지 않아 무슨 말을 하는지 들리지 않았다.

그다음 날은 오지 않았다. 두 사람이 웃으며 트럭을 타고 사하라사막을 건너는 정경이 떠올랐다. 그날 저녁 인제라를 사러 나갔다가 집으로 돌아가지 않았더라면, 감옥을 탈출하려고 하지 않았더라면, 최소한 세상에서 내가 가장 염려하는 네 사람 가운데 한 사람과는 같이 있을 텐데.

그런데 난 이미 탈옥을 감행했고, 사막을 건넜고, 또 혼자서 일주일 이상 살아남았다는 사실을 되새겼다.

그날 밤은 몇 시간밖에 눈을 못 붙이고 서까래에서 곡식 포대 밑으로 내려왔다. 주변을 살폈다. 아무도 안 보였지만 시선을 의식했다. 아마 경비들은 자고 있을 터였다. 오늘 다시 모녀가 오면 꼭 말을 걸리라 결심했다.

상인들이 도착하기 시작하자, 상자를 치우지 않길 바라며 그 뒤에 숨어 기다렸다.

해가 밝자마자 모녀가 좌판으로 걸어오는 모습이 보였다. 벌떡 일어섰다가 후다닥 다시 앉았다. 아이와 엄마 뒤로 한 남자가 보였다. 눈언저리부터 입까지 난 자상이 뱀처럼 긴 남자였다. 붉은색 케피에를 쓰고 있었다. 남자가 가만히 서 있어 그를 뜯어볼 수 있었다. 나는 사람들 눈에 띄지 않는 방법을 익혔고, 다른 사람이 나와 같은 행동을 하면 금세 인지했다. 남자는 여자아이와 엄마를 지켜보고 있었다. 두 사람이 남자에게 다가오자, 주변을 살피는 시선을 거두고 자연스럽게 일어나 여자에게 걸어갔다. 길고 검은 머리의 여자는 베일로 얼굴 아랫부분과 코를 가리고 있었다.

나는 걸어가는 모녀가 어디로 가고 있는지 살폈다. 그러나 그들은 사라져버렸다. 나는 시장 통로를 살피다 과일 가게로 향하는 모녀를 포착했다. 절름거리며 천천히 따라갔다. 수용소에서 빠져나올 때처럼 심장박동이 요동쳤다. 몇 미터 앞에서 걸음을 멈추었다. 새로운 사람을 만나 본 일이 없어서 어떻게 나를 소개해야 할지 몰랐다.

여자가 자몽을 구경하려고 몸을 기울이다가 자신을 힐끔거리는 나를 봤다.

"안녕하세요(케마이 하디르킨)!" 내가 인사했다.

딸이 고개를 홱 돌려 나를 쏘아봤다.

"제 이름은 시프예요."

여자는 잠깐 아무 말도 않다가, 상인들이 호기심을 갖고 지켜보는 낌새를 알아챘다.

"안녕하지." 여자가 답했다. "시프, 여기서 볼 줄은 몰랐구나. 가족은 어디 있니?"

나는 주저했다.

"다들 잘 계시겠지. 이따 오후에 오는 거 알지? 다섯 시에. 블루 모스크 근처로 오는 거 기억하지?"

나는 고개를 주억거렸다.

여자가 자몽 몇 개를 가리키자, 상인이 무게를 달았다. 그러고는 모녀는 통로를 따라 걸어갔다.

나는 재빨리 몸을 돌려 밀가루 좌판으로 향했다. 이제야 진짜 사람이 된 것 같았다. 왜 그 여자가 나를 알은척했을까? 마음이 훈훈해졌다. 포대 더미 뒤 바닥에서 주운 검게 멍든 아보카도를 먹어도 아무렇지 않았다.

병아리콩과 이런저런 콩을 파는 상인이 렌틸콩의 무게를 달아서, 포대에 붓고 입구를 묶었다. 성가시고 귀찮은 일이었다. 내가 가리키고 묶는 시늉을 하자, 상인이 고개를 끄덕였다. 일을 마치자 동전 몇 개를 얻었다. 작은 바나나 다발을 샀다.

그런 후에도 시간은 느릿느릿 흘렀다. 관심을 받지 않으려 애쓰며 할 일 없이 돌아다녔다. 다섯 시가 오기만을 기다렸다. 네 시 바로 전에 빵 가게 계산대에 놓인 시계를 확인하고는, 그 엄마가 가리켰던 길로 향했다. 내가 어딘가로 가는 데는 시간이 걸릴 수밖에 없다는 걸 감안했다. 세 블록 떨어진 곳에, 집들 위로 모스크의 크레센트[1]를 본 적이 있었다. 근처 벽 앞에 웅크리고 앉아 작은 갈색 도마뱀이 지그재그 개미를 쫓는 광경을 지켜봤다.

십 분쯤 지났을까. 한 남자가 걸음을 멈추지 않고 서서히 지나갔다.

몇 분 후에 남자가 다시 돌아와 우리 말로 말했다. "따라와라."

자리에서 일어나 절뚝거리며 최대한 빨리 남자를 쫓았다. 남자는 좁고 지저분한 길로 향했다. 골목길을 한 번 더 돌더니 끝에 있는 초록색 대문 집으로 갔다. 남자가 뒤를 돌아 내가 따라오는지 확인했다. 그리고 내 뒤쪽 너머를 스윽 살피더니, 대문을 조용히 세 번 두드리자 문이 열렸다.

어둠에 동공이 적응하자 작은 방에 네 사람이 보였다. 모두들 나를 주목했다. 여자아이와 엄마도 거기 있었고, 젊은 커플이 구석에 자리했다. 아이 엄마가 남자를 보더니 고개를 가볍게 위아래로 움직였다.

"잘 왔다, 시프." 여자가 말했다. "와서 앉아라. 오래 서 있지는 못하겠구나."

여러 이유로 뜨거운 눈물이 내 아랫눈꺼풀에 가득 찼다. 코를 훌쩍이며 손등으로 눈물을 닦았다. 절름거리며 안으로 들어가

1. 이슬람교 상징의 초승달 장식.

남자가 가리킨 곳에 앉았다.

"너 혼자니?" 여자가 물었다.

"네."

"혼자서 왔다고?"

여자를 쳐다봤다. "무슨 말이세요?"

"도망친 거야. 맞지?"

고개를 끄덕였다.

"혼자서 나라를 탈출했단 말이야?"

혼자 온 게 아니라고 말하고 싶었지만, 오열이 터져 나올까 무서웠다. 숨을 크게 두 번 들이쉬었다.

"친구랑 왔어요." 마침내 말을 뱉었다. "근데 죽었어요." 처음으로 그 말을 입 밖으로 낸 거였다.

"유감이구나. 시프." 여자의 눈에는 진심 어린 슬픔이 담겨 있었다.

"우리도 오는 중에 친구들을 잃었어. 나는 쉬윗이야." 여자가 손을 내밀었다. "가족은 어딨니, 시프?"

"엄마하고 여동생은 집에 있어요. 아빠는 행방불명이고요." 여자뿐 아니라 젊은 커플도 고개를 주억거렸다. 마치 지난 몇 주간 내게 일어난 일들을 충분히 다 공감한다는 듯이. 나와 똑같은 일을 겪은 사람이 또 있을 거라고는 상상을 못 했었다.

"이제 어디로 가려고?"

대답하기 전에 잠시 머뭇거렸다. 쉬윗이 관심 어린 얼굴로 나를 보았다. 나는 어차피 더 잃을 것도 없었다.

"남쪽 난민 캠프로 가려고 했어요." 말을 이었다. "하지만 발목을 다쳐서 여기서 멈출 수밖에 없었어요. 더 갈 수가 없었거든요. 이제 거의 나았으니 한 며칠 뒤에 떠나려고 해요. 유럽에 가고 싶어요."

쉬윗과 남편이 낮은 소리로 말을 주고받기 시작했다. 그러는 동안 나는 방을 다시 둘러보았다. 깔끔했다. 구석에 개어 놓은 옷 더미가 있었고 열린 문 틈새로 방 뒤편의 작은 뜰이 보였다. 거기서 장작 타는 냄새가 퍼져 나왔다. 저녁을 짓는 모양이었다. 따뜻한 음식을 먹어본 지 정말 오래되었다.

시장해 보였는지 쉬윗이 나를 보며 말했다. "뭐 좀 먹을래? 이야기는 나중에 또 하자꾸나."

"네! 먹고 싶어요." 말을 무르지 못하게 내가 얼른 대답했다.

"빵과 렌틸콩 수프를 준비했단다."

여자가 음식을 주자 입에 가득 문 뒤 천천히 먹었다. 여자는 나에게 위가 음식을 정상적으로 받아들이기 전까지는 많이 먹으면 안 된다고 조언했다. 굶어 죽을 뻔했다가 갑자기 음식을 많이 먹어서 죽은 사람을 알고 있는 듯했다. 그러면 위가 터져 버린다는 것을.

저녁을 다 먹고 나자, 여자가 말을 꺼냈다. "난민 캠프로 가면 안 돼. 수용소에서 탈출한 사람들을 납치하는 하이에나 같은 무리들이 있어. 큰 도시 외곽에 천막을 짓고 살지. 시장이나 버스 정류장을 돌아다니며 우리 같은 사람들을 찾아다녀. 그들은 우리한테 도와줄 친구도, 친척도 없다는 걸 알고 있어."

"잡아서 집으로 돌려보내나요?" 내가 물었다.

"아니, 팔지."

"사람을 판다고요?"

"그래. 노예로 팔아. 캠프로 가는 길에 너를 잡지 못한다 해도, 여기서 잡을 거야. 낯선 사람들이 지나다니는지 기다리며 캠프를 배회하는 패거리가 있거든. 아이들이 좋은 값을 받아. 팔기만 하지 않아. 그들은 전문가거든. 팔기 전에 가족에게 돈을 요구해."

"어떻게요? 그 사람들은 우리 가족의 주소를 모르잖아요."

"너에게 부자 친척이나 가족의 전화번호를 불게 만들지. 너를 바다 너머로 보내주는 대가라고 하면서."

"싫다고 하면 되잖아요." 당황해하며 답했다.

여자가 슬픈 웃음을 지었다. "네가 말썽을 피우면 말이지. 너를 죽이거나 팔 거야."

"양을 사고파는 것 같군요." 내가 말했다.

"아마도." 여자가 말을 이어갔다. "최소한 농부는 양을 아끼기나 하지. 좀 쉬어라. 다른 곳으로 가기 전에 몸부터 회복해야겠다."

친구

●

"일어나." 누군가 부드럽게 내 어깨를 흔들었다.

나는 눈을 껌뻑이며 일어나 앉았다. "여긴 어디지?"

그제야 한 숙녀가 내 옆에 무릎을 대고 앉아 있는 걸 알았다. 쉬윗이었다. 옅은 빛이 문 밑으로 들어와 둥글게 퍼졌다.

"우리는 시장에 갈 거야." 여자가 딸에게 고갯짓했다.

주먹으로 눈을 비비며 말했다. "제가 물건 나르는 걸 도울게요."

"아니. 너는 여기 있는 게 나아. 발목을 푹 쉬게 해야 하니까."

나 말고는 다 밖으로 나갈 것 같았다. 구석에 있는 여자는 팔과 다리에 붕대를 했다. 여자는 눈을 감고 앉아 있었다.

"알았어요. 고마워요." 그렇게 답했지만 뭔가 도움이 되고 싶었다.

사람들이 나간 뒤에 방을 돌며 담요를 개고 작은 공간을 치웠다. 구석에는 하얀 네텔라를 비롯해 고향에서 여자들이 어깨와 머리에 두르는 종류의 옷들이 널려 있었다. 왜 여기서는 그것들을 안 입는지 의아했다. 난로에 장작을 새로 넣고 안으로 들어가 사람들이 돌아오기를 기다렸다. 멀리서 당나귀 우는 소리가 희미하게 들렸지만, 방은 적막했다.

곧 누군가 문을 두드리는 소리가 나고, 쉬윗이 딸과 함께 가방 몇 개를 들고 왔다. "일을 하거나 요리를 못 하는 사람들, 그러니까 우리 남편과 제넷 그리고 제넷의 남편을 위해 음식을 요리하는 게 우리 일이야." 색 스카프를 벗으며 여자가 말했다. "너도 음식 하는 걸 도와주겠니?"

작은 뜰을 가리키면서 렌틸콩이 담긴 그릇을 주었다. 나는 거기서 돌을 골라낸 뒤에 안으로 가지고 들어갔다. 엄마와 렘렘이 하는 걸 수도 없이 봤지만 음식을 직접 해 본 적은 없었다.

여자아이는 마루에 앉아 내 옆에서 양파 껍질을 벗겼다. 우리는 묵묵히 일했다.

몇 분 뒤에 양파를 내려놓으며 여자아이는 나를 봤다. "알마즈야."

"안녕, 알마즈." 나는 조용히 호응했다. 머릿속에 수많은 질문이 터졌지만 무슨 질문부터 꺼내야 할지 몰랐다. "너는 왜 흰 네텔라를 두르지 않아?" 질문을 꺼내면서 무례한 질문이라는 느낌이 들었다.

알마즈는 기분이 상한 것 같지는 않았다. "안전하지 않으니까."

"왜?" 내가 물었다.

"주위 시선을 끌지 않는 게 상책이야. 우리 나라에서 온 사람들을 찾느라 사람들 눈이 시뻘게. 흰 네텔라를 두르면 눈에 띄기 쉽지."

"너희 엄마 말로는 그런 사람들이 캠프 근처에 있다던데?"

"거기만 있는 게 아니야. 그쪽에 더 많을 뿐이지."

"여기에 온 지 얼마나 됐어?"

알마즈가 스카프를 뒤로 당기자, 두 갈래로 얌전히 땋은 머리카락이 보였다.

"석 달하고 나흘이야." 나를 빤히 보며 주저 없이 말했다.

"그렇게나 오래되었다고?" 내가 깜짝 놀라 말했다. "넌 여기에 살고 싶어?"

알마즈가 웃었다. "아니, 살고 싶지 않아. 영국에 살고 싶지. 그렇지만 엄마 아빠가 가진 돈이 여행경비를 다 치를 만큼 많지 않아. 그래서 우리 아빠가 쓰레기를 모아서 분류하는 거야. 아빠는 전에 은행원이었어. 내가 군사학교에 갈 나이가 되기 전에 서둘러 떠나고 싶어 하셨어. 정부가 우리 동네에서 지파를 실시할 거라 루머가 돈 지 일주일 뒤에 우리는 떠났어. 여기까지 올 경비는 충분했는데 북쪽 해안까지 갈 돈이 모자라. 너는 돈이 있니?"

나와 같은 일을 놓고, 같은 문제를 고민하는 사람과 옆에 앉아 이야기하니 살 것 같았다. 알마즈의 질문이 채 끝나기도 전에 대답했다.

"나도 너랑 같은 상황이야. 우리 엄마는 좀 더 있다가 나를 보내려고 했었어. 하지만 우리 동네에서도 지파가 시작되었지. 우리 엄마는 나를 유럽까지 보낼 만큼 돈을 모았지만, 본인과 여동생 렘렘이 같이 갈 정도는 모으지 못했어."

알마즈는 양파를 다 까더니 썰기 시작했다. 손이 빨랐다. 이야기하느라 눈을 들고서도 잘 썰었다.

"가능한 한 빨리 떠나고 싶어. 근데 어떻게 브로커를 만나야 할지 모르겠어. 석 달씩이나 기다릴 수는 없을 것 같은데." 내가 말했다.

"우리 아빠가 오면 이야기해 봐."

그 애는 내 얘기를 숨길 필요가 없다는 것을 느끼게 했다. 나를 판단하지 않는 것 같았다. 이런 아이를 누이로 두면 얼마나 좋을까 싶었다. 곧장 렘렘이 떠올라 죄의식이 들었다. 내가 동생을 그리워하는 만큼 렘렘이 나를 보고 싶어 하지 않으면 했다. 앙증맞은 웃음, 귀여운 장난, 학교에 다녀오면 곧장 달려와 안기던 추억이 떠올랐다.

해 질 녘이 되자 알마즈의 아빠가 돌아왔다. 제넷의 남편도 귀가했다. 알마즈의 아빠가 차를 좀 마신 뒤에, 나는 말을 여쭐 수 있는지 물었다.

그는 반기듯 손짓하며 건너오라고 했다. "나는 메스핀이다. 발목은 좀 나았니?"

"조금요. 아마 곧 일할 수 있을 것 같아요."

"그래야지." 메스핀은 말을 이었다. "네가 여기 있다는 걸 사람들이 모르는 게 좋다만. 그래, 가진 돈은 없지?"

"음식을 살 돈은 없어요. 여정에 필요한 경비는 가족이 보내준다고 했어요."

메스핀이 고개를 끄덕였다. "우리 아내는 너그러워. 그 사람이 너를 먼저 본 건 너한테는 정말 큰 행운이었어."

"무척 감사하게 생각해요." 내가 말했다. "이렇게 공간이 좁은데도 같이 살게 해 주셔서 감사해요. 하지만 가능한 한 빨리 유럽으로 가고 싶어요. 혹시 저를 북쪽 해안으로 데려다줄 사람을 찾도록 도와주실 수 있나요?"

"브로커를 찾을 수는 있지. 근데 문제는 너를 속이거나, 팔 거나, 죽이지 않을 브로커를 만나야 한다는 거지." 메스핀은 동의를 구한다는 듯 나를 쳐다보았다. "일을 해주겠다는 사람들 몇을 접촉해봤어." 손으로 방에 있는 사람들을 가리키더니 말했다. "다 같이 움직이는 게 안전해. 누가 돈을 보내주기로 했니?"

"엄마요."

"떠나온 뒤에 엄마에게 전화는 넣어 봤니?"

"아니요."

"군인들이 엄마를 수용소에 감금했는지 모르잖아."

"모르죠." 대답하고 나니 멍청한 대답이었다.

"나는 전화가 없어." 메스핀이 답하더니, 잠시 간격을 두고 말을 이었다. "내일 저녁에 아는 사람을 접촉해보마. 그에게 너를 소개해놓으마. 그 사람이 전화할 수 있게 해 줄 거야. 우리는 이주 뒤에 트럭을 타고 떠나. 괜찮다면 너도 같이 가자꾸나. 각자 도착하든 같이 도착하든, 사막을 걸어서 건너는 것보단 훨씬 나으니까. 트럭이 국경 너머 항구로 데려다줄 거야. 거기서 보트를 기다리면 되지."

고개를 끄덕이며 대답했다. "감사해요."

"돈을 구할 수 없으면 네 일은 네가 알아서 해야 해. 우린 너를 마냥 기다려 줄 수가 없어. 알았지?"

"보답으로 제가 뭘 해야 하나요?"

"내 아내와 딸을 도와주기만 하면 된다. 다른 사람들의 주목을 피하면서 말이지."

알마즈가 밖에서 저녁을 준비하면서 모른 척했지만, 우리 이야기를 다 듣고 있었다.

메스핀이 쉬윗 옆에 앉으러 가자, 알마즈가 나더러 밖으로 나오라고 손짓했다.

옆으로 다가가 계단에 웅크리고 앉았다.

"같이 가는 거야?" 알마즈가 물었다.

"잘 모르겠어. 얼마가 드는지, 엄마가 돈을 얼마나 모아놓았는지에 달렸어."

"너도 같이 가면 좋겠어." 그 애가 말했다. "친구가 없었어. 지난 석 달 동안 나랑 엄마, 아빠뿐이었거든. 그리고 제넷과 아저씨가 왔지."

알마즈와 이야기를 나눌 때면 내가 그냥 시프로 돌아간 것 같다고 말해주고 싶었다. 수감번호 87번이나 아무도 모르는 남자아이가 아니라. 하지만 어떻게 말해야 할지 몰라 애꿎은 발만 쳐다보았다.

"남자나 여자 형제가 있니?" 내가 물었다.

"위로 오빠가 있는데 사 년 전에 군대에 징집되었어. 그 이후론 못 봤지. 엄마는 두 아이 모두를 잃는 걸 견딜 수 없다고 했어. 우리가 어딘가에 정착하면, 사촌에게 돈을 보내 공무원을 매수해서 오빠를 빼낼 거야. 넌 어때?"

"여동생이 있어. 렘렘이야."

"여동생이 있으면 좋을 텐데." 알마즈가 말했다.

"언젠가 네가 내 동생을 만났으면 좋겠다." 내가 화답했다.

밤이 되자, 마루에 웅크리고 자면서 내일 엄마랑 이야기할 생각만으로 달떴다. 아빠가 살아있는 걸 본 사람이 있고, 그때 아빠가 괜찮았으며, 아직도 살아있을지 모른다고 말해 줄 수 있을 터였다. 그러자 요나스와 컨테이너에 있던 다른 죄수들이 떠올랐다. 언제 그 사람들 가족에게 전화할 기회가 올까? 메스핀이 아는 사람이 내가 여러 사람에게 전화하도록 해 주지는 않을 것 같았다. 영국에 도착해야 기회가 오겠거니 싶었다. 피곤해질 때까지 예전 사람들이 준 정보를 다시 점검했다.

오늘 밤은 관념의 블랙홀에 빨려들지 않고 그냥 잠들었다.

기다림

·

　모두들 일이나 장을 보러 나가기를 기다렸다. 북쪽으로 이동하려면 발목이 완치되어야 한다는 알마즈 아빠의 배려로 나는 휴식을 취했다. 하지만 뭔가 보탬이 되고 싶었다. 담요와 옷가지를 개는 데는 오 분밖에 걸리지 않는다.

　방구석에서 제넷이 눈을 떠 나를 쳐다봤다. "엄청 부지런을 떠네. 쉬라고 할 때 좀 쉬지 그래?"

　"좀이 쑤셔 기다릴 수가 없어요." 답하고 나니 반대로 제넷을 게으르다고 타박한 것처럼 들리는 듯했다. "팔다리는 왜 다친 거예요?"

　"국경을 건너오는데 지뢰가 터졌어." 제넷이 시니컬하게 대답했다. "우리랑 같이 넘어오던 두 사람은 그 자리에서 죽었어. 파편 몇 개가 날아와 내게 박혔어. 빼내긴 했는데 상처가 워낙 깊었던 데다 당시엔 제대로 소독을 못 해서 감염된 것 같아. 지금은 깨끗하게 씻고 상처를 싸맬 수 있지만, 덜 나았어."

　제넷이 겪은 경험을 듣고 나는 충격을 받았지만 정작 당사자

본인은 덤덤했다. "죽은 사람들이 아는 분들이었어요?" 내가 물었다.

"그 전날 만났지. 브로커들이 우리를 한 트럭에 태워 국경 가까이까지 데려다줬거든. 그러니까 친구는 아니었지만 같이 국경을 넘을 작정이었어. 부부였지. 둘 다 젊었고 아이는 없었어."

"여기 얼마나 오래 체류했어요?" 내가 잇달아 물었다.

"이 주 전에 쉬윗을 만났어. 시장에서 우리를 먼저 알아봤지. 너를 만난 것처럼. 발은 어떻게 된 거니?"

"수색대를 피해 달아나다 접질린 거예요. 거의 다 나았고요."

"운이 좋았구나. 내가 아파 못 가면, 쉬윗의 가족과 동행하라고 남편에게 일렀는데. 남편이 나를 버려두고 갈지 모르겠구나."

낯선 이와 말하기가 조금 수월해졌지만, 앞으로의 계획을 언급할 때마다, 입이 너무 싼 게 아닌지 하는 불안감을 지울 수 없었다.

조금 시간이 지난 뒤에 알마즈와 쉬윗이 돌아왔다. 돈이 충분치 않아 음식을 양껏 살 수 없었다. 그래서인지 사 온 음식이 그날로 바닥났다.

우리는 점심으로 스크램블드에그 샌드위치를 준비했다. 나가서 알마즈가 음식 준비하는 걸 도왔다.

"제넷하고 이야기 나눴어?" 알마즈가 물었다.

"팔다리를 어떻게 다쳤는지 얘기해 주었어. 만약 낫지 않으면 같이 못 갈 것 같다고."

"여기는 심심해서 죽겠어. 여기서 하는 일이라고는 장보기뿐이니. 나머지 시간은 그냥 숨쉬기 운동뿐이잖아."

집에서 렘렘과 어떻게 시간을 보냈는지 더듬어 보았다. 보통은 렘렘이 좋아하는 게베타 놀이를 했다.

"우리 게베타 보드를 만들면 어떨까?" 내가 제안했다.

알마즈가 잠시 안으로 사라졌다.

"이건 어때?" 알마즈가 빈 휴지 박스를 들고 있었다.

"그거면 완벽하지. 계란을 반으로 깨서 껍데기만 쓸 수 있을까?"

알마즈가 웃었다. "그럼, 물론이지."

점심을 먹은 뒤에 우리는 계란 껍데기를 휴지 박스 안에 나란히 놓았다. 껍질콩을 가져다 같이 게베타 놀이를 했다. 저녁 시간이 다가올 때까지 놀았다. 놀이판을 개어 놓은 옷더미 위에 올려놓고 채소를 썰기 시작했다. 바쁘게 움직이니 비로소 살아 있는 것 같았다.

알마즈의 아빠가 저녁에 돌아와 묵묵히 식사한 뒤, 손을 닦고 나에게 손짓했다.

"아토 메드하니를 만나러 갈 거야. 유럽으로 가도록 손을 써 줄 사람이지."

심장이 두근거렸다. 엄마가 가르쳐 준 번호들을 외우면서 마음을 가라앉혔다. 메스핀 역시 긴장한 기색이 역력했다.

우리는 찬 바람을 쐬며 문을 나섰다. 그게 안전하지 않다는 것을 알았지만, 잠깐이나마 마음껏 거니는 기쁨을 만끽했다.

구불구불한 골목 몇 개를 지나 넓고 붐비는 거리를 건넜다. 마을의 한쪽 끝에는 집들이 모인 주택 단지가 있었다. 그중 한 집의 대문을 두드렸다. 어떤 남자가 안전 창살을 열고 밖을 살피더니 문을 열어 주었다. 우리는 벽으로 둘러친 넓은 공간으로 들어섰다. 구석에는 자몽이 열린 큰 나무가 있었다. 사방에 화분과 꽃 들이 널려 있었다.

다른 쪽 구석에서 남자 둘이 차를 마시고 있었다. 우리는 걸음을 멈췄다. 메스핀이 그 사람들 말로 인사하더니 나를 앞으로 밀었다. 한 남자는 흰 셔츠를 입고 있었다. 회색 머리에 짧게 턱수염을 길렀는데 면도 후에 바르는 로션 냄새가 났다. 그 남자가 나한테 우리 말로 인사했다. 나를 가늠하려 하는 것임을 알아차렸다. 전에도 많이 해본 태가 났다. 그가 빈 의자 두 개를 가리키더니 다시 뒤로 물러앉았다. 옆에 있던 남자는 안으로 들어갔다.

"나는 메드하니라고 한다." 흰 셔츠를 입은 남자가 말했다. "그래, 북쪽으로 가고 싶다고?"

"네, 가능한 한 해안까지요. 그다음에 유럽으로 가는 보트를 타고 싶어요. 영국으로 가려고요."

남자가 짧게 웃었다. "돈은 있고?"

"엄마가 저축해 놓았어요."

"걸어서 가고 싶니, 아니면 트럭으로?"

"트럭으로요."

"좋다. 엄마에게 전화해서 오천 달러가 필요하다고 말씀드려라. 그런 다음 돈을 이체할 계좌번호를 줘라." 남자가 몸을 기울이더니 바지에서 크고 납작한 휴대전화를 꺼냈다. 전화기에 뭐라고 입력했다. "국가 번호다. 엄마 전화번호를 눌러라."

버튼을 누르는 손가락이 살짝 떨렸다. 엄마가 이렇게 큰돈을 모아놓았을지 알 수가 없었다.

잠시 뒤 신호가 갔다. 엄마의 목소리를 다시 귀에 담을 수 있기 직전이었다. 삼 주 동안 그토록 듣고 싶었던 목소리를.

그런데 웬 남자 목소리가 튀어나왔다.

"누구야?" 그 남자가 퉁명스럽게 물었다.

모르는 목소리였다. 나는 당황스러워 메드하니를 빤히 쳐다봤다.

메드하니가 전화기를 낚아채더니 취소 버튼을 눌렀다.

"유감이구나. 군인들이 네 엄마 전화기를 압수한 모양이다. 다시는 그 번호로 전화를 걸지 않는 게 좋아."

언제 다시 엄마 목소리를 들을 수 있을지 기약할 수 없는 상황이 되어 버렸다. 영국에 도착할 때까지 기다려야 할 것 같았다. 거기 가면 삼촌에게 전화해 무슨 일이 일어났는지 물을 수 있을 터였다. 삼촌이라면 엄마를 위험에 빠뜨리지 않고 전화를 바꿔줄 테니까. 정말 오랜 시간을 버텨야 할 것 같았다.

"다른 번호는 없니?" 메드하니가 서둘러 물었다.

차분하려고 애쓰면서 머릿속에 저장된 이름들과 번호들을 쭉 훑었다. 군인이 엄마 손에서 전화기를 뺏는 장면을 떠올리지 않으려 노력했다. 흰 셔츠 입은 남자가 딱 한 번은 기회를 더 줄 것 같았다.

바타 삼촌을 택했다.

"네, 번호가 하나 더 있어요."

메드하니가 국가 번호를 입력한 뒤에 전화기를 건네주었다. 벨이 네 번 울리고, 한 남자가 응답했다. 난 그 목소리를 알아듣지 못했다. 몇 년 동안 삼촌을 뵌 적도 없었다.

"시프에요." 내가 말했다.

잠시 침묵이 흐르더니 그 남자가 답했다. "뭐가 필요하니?"

"엄마에게 전화했는데 다른 사람이 받았어요. 돈이 필요해요."

다시 조용했다. "엄마는 집에 없다. 렘렘은 괜찮아. 얼마나 필요하니?"

"오천 달러요." 내가 답했다.

또다시 아무 말이 없었다. "근데 비니는 어떻게 됐니?"

"비니는 국경을 넘지 못했어요."

"나중에 만날 거니?"

"비니는요……." 갑자기 목이 메었다. "나중에도 만나기 힘들 것 같아요."

"한 시간 뒤에 다시 전화해라." 삼촌이 전화를 끊었다.

메드하니가 다시 호기심 어린 눈으로 나를 쳐다봤다.

"친구랑 왔니?"

"네, 국경 근처에서 다쳤어요."

"그래서 혼자인 모양이구나."

"혼자는 아니죠." 메스핀이 단호하게 말했다. "우리랑 같이 움직일 겁니다."

"아마도." 메드하니가 말을 이었다. "삼촌이 돈을 마련하겠지?"

"한 시간 후에 다시 전화하랬어요."

메드하니가 자리로 다시 돌아온 친구와 잡담을 나누는 동안 나는 메스핀 곁에 앉아 있었다. 마치 메스핀과 내가 거기에 없는 것처럼, 두 남자는 껄껄 웃으며 큰 소리로 떠들었다.

한 시간은 빨랐다. 메드하니가 전화기를 다시 주었다.

"여보세요?" 삼촌이었다. "엄마가 필요한 만큼 돈을 모으지 못했다는구나. 그래서 비니의 가족과 상의했다. 사바가 비니를 위해 모은 돈을 너에게 주고 싶어 한다. 그거면 충분할 게다."

“감사하다고 사바 아줌마에게 전해 주세요.”‘감사하다’라는 말이 마치 사바 아줌마에게 케이크 한 조각을 받은 뒤 건네는 인사 같이 들렸다. 아들을 위해 평생 모은 돈을 주는 데 대한 감사가 아니라.

전달받은 은행 계좌번호를 읽어 주었다.

“엄마는 괜찮은가요?” 내가 물었다.

“엄마는 괜찮다.” 바타 삼촌이 말했다.

더 말을 듣기도 전에 메드하니가 전화기를 가져갔다.

“그만하면 됐다. 국제전화는 비싸. 돈이 계좌로 들어오면 날짜를 정하자.” 그는 고개를 끄덕인 후에 나와 메스핀을 차가운 밤바람이 부는 대문 밖으로 내보내고, 친구와 안으로 들어갔다.

집에 돌아왔을 때, 쉬윗과 알마즈가 담요를 깔고 잘 준비를 하고 있었다.

알마즈가 담요를 펴다 말고 내게 건너왔다. “돈 구했어? 우리랑 같이 가는 거니?”

“삼촌이 준비한대. 돈을 송금하면, 너랑 같이 갈 거야.”

알마즈의 얼굴에 웃음이 활짝 번졌다.

나도 따라 웃으려 했다.

“근데 뭐가 문제야?” 알마즈가 물었다. “네가 원했던 일이잖아.”

"엄마에게 전화했는데 받지 않으셨어. 웬 남자가 답했는데 모르는 사람이었어."

알마즈의 웃음기가 사라졌다.

쉬윗이 듣고 있었다. "군대에서 나온 사람이겠구나. 네 엄마랑 동생을 감시하는 것 말고는 달리 방법이 없을 테니까." 계속 말을 이었다. "엄마는 이런 일을 전에도 겪으셨겠지. 그렇지? 어떻게 할지 아실 거야."

"삼촌이 그러는데 집에 안 계신대요."

"아마 삼촌과 같이 계실 거다. 엄마나 동생은 가까운 가족과 머무는 게 나을 테니까."

쉬윗의 말에 일리가 있었다. 엄마와 렘렘이 삼촌 집에 있을 거라는 말에 안심했다. 엄마는 분명히 렘렘을 혼자 두지 않을 것이었다.

쉬윗이 말을 마치기 전에 알마즈가 안으로 사라졌다. 잠시 후에 휴지 박스를 들고 다시 나타났다.

"시프, 도와줄래." 알마즈가 말했다.

"뭔데?" 다른 일에 마음을 뺏기고 싶어 내가 물었다.

"내일 점심에 달걀을 먹어야겠어."

무슨 말인가 싶어 당황스러웠다.

알마즈가 게베타 상자를 들어 부서진 달걀 껍데기의 반을 보여줬다.

"묶다가 떨어뜨렸어." 알마즈가 자백했다.

내가 웃는지 보려는 것 같았다.

"좋아, 그럼 내일 점심은 달걀이다. 또 떨어뜨릴 수 있으니 달걀을 추가로 몇 개 더 사야겠는걸."

알마즈가 샐쭉거렸다.

납치당하다

알마즈와 나는 매일 밤 저녁 식사를 책임졌다. 엄마랑 요리를 해 본 경험은 없었다. 엄마는 항상 렘렘과 짝꿍이었다. 그래서 나는 손가락 하나 까닥할 필요가 없었다. 렌틸콩과 채소, 향신료 몇 가지를 사기에도 빠듯했다. 여기서도 나더러 뭘 시키지는 않았지만, 가능한 한 쓸모 있는 사람이 되고 싶었다. 양파를 써는 방법과 렌틸콩에 어떤 향신료를 넣는지 배웠다. 알마즈가 어떻게 마늘과 생강을 재우는지 보여주었다. 오래 가열하거나 젓는 걸 까먹어 음식을 태우는 걸 알마즈는 참아 주었다. 저녁에는 게베타 보드를 했다. 알마즈가 나보다 더 많이 이겼다.

"체스 해 봤니?" 내가 물었다.

"아니, 그게 뭔데?"

"네모난 판에 여러 종류의 말이 있는데, 판 위에서 각 말이 움직이는 방법이 달라. 네가 말을 움직이기 전에 미리 수를 세우고 움직여야 해."

"복잡한 것 같은데." 알마즈가 그렇게 내뱉었지만 관심을 보였다. "영국에 도착하면 가르쳐 줘. 체스도 내가 널 이길걸."

알마즈가 그 말을 하자, 비니가 떠올랐다.

"영국에 가면 뭘 하고 싶니? 뭐가 되고 싶어?" 알마즈가 물었다.

"선생님이 되고 싶어. 수학 선생님. 내가 제일 좋아하는 과목이었거든. 넌?"

"나는 고생물학을 공부하고 싶어."

"고생…… 그게 뭔데?"

알마즈가 웃었다. "공룡을 공부하는 사람들 있잖아."

"진짜? 공룡을 배우면 무슨 직업을 얻을 수 있는데?"

"모르겠어. 아마 박물관에서 일하거나 고고학을 다루는 일을 하겠지."

"그런 거 어디서 배웠어?"

"기억은 안 나. 과학 선생님이 한번 언급하고 지나간 거 같아. 뭔 말인지 몰라서 찾아봤지. 난 역사를 좋아하지만 대통령이나 왕의 역사에는 관심 없어. 처음에 어떻게 우주가 탄생되었는지 알고 싶어." 알마즈는 고개를 들지 않은 채 고추를 썰었다. "엄마는 학교에 갈 수 없었대. 내가 뭘 공부하든 열심히만 하면 괜찮다고 그러셨어. 나도 수학을 좋아해. 행렬은 빼고." 알마즈가 덧붙였다.

내가 고개를 끄덕였다. "비니는 둘 다 안 좋아했어."

"비니가 누구야?"

"내 베프."

썰다 말고 나를 쳐다보면 물었다. "너랑 같이 국경을 넘으려고 했던 애 말이야?"

"맞아, 걔가 비니야."

"우리는 뒤에 남겨진 친구들을 영원히 잊을 수 없을 거야." 그게 다였다.

알마즈가 꼬치꼬치 캐묻지 않아서 고마웠다.

"어떻게 국경을 넘었니?" 내가 물었다. 나는 비니 얘기를 할 준비가 안 되었지만, 알마즈와 더 이야기하고 싶었다. "걸어왔어?"

"트럭 뒤에 숨었어. 엄마 아빠랑 같이. 아빠가 국경 보안대에서 일하는 사람을 알고 있었거든. 돈을 주니까 우리를 트럭 뒤 비닐종이와 포대 아래 숨도록 해 줬지."

"국경 보안대에서 일하는 사람이 국경을 넘도록 도와줬다고?" 믿어야 할지 확신이 안 섰다.

"이상하게 들리는 거 알아. 돈이 많으면 국경을 지나 해안으로 바로 갈 수도 있어."

고향에서는 돈이 그리 중요한 것 같지 않았었다. 떠나고 나니 돈이 모든 일을 결정했다.

바쁘게 지내려 했지만 아침에 사람들이 썰물처럼 빠져나가면, 방이 더욱더 작아 보였다. 최소 일주일 동안 집 밖으로 나갈 일이 없었다. 발뒤꿈치를 들고 앞쪽으로 서는 연습을 했다. 발목이 나왔고, 처음 여기 왔을 때 살갗에 드러났던 갈비뼈가 가려졌다. 작은 마당에서 팔굽혀펴기 운동을 시작했다. 안에 머물수록 엄마와 렘렘 생각이 나고, 그리워졌다. 가끔씩 비니도 내 마음에 얼굴을 빼꼼히 내밀었지만 잠깐씩이었다. 살아서 다시 수용소로 끌려갔을까, 아니면 가기 전에 죽었을까 궁금해하는 정도만. 메드하니가 언제쯤 우리에게 다시 연락을 줄까? 지금쯤 분명히 돈이 입금되었을 터였다. 생각이 많아져 생각이 방을 꽉 채울 것만 같았다.

그러다 제넷을 보고는 난 운이 좋았다는 사실을 깨달았다. 난 이제 거의 완치되었지만, 제넷은 상처가 아물기는커녕 오히려 열이 다시 올랐다. 상처에서도 고약한 냄새가 났다.

하루는 아침에 사람들이 다 나가자, 무료함을 더는 참을 수가 없었다. 알마즈가 엄마와 함께 마지막으로 나갔다. 제넷만이 방에 남아 구석에 잠들어 있었다. 신발을 신고 최대한 조용히 문을 열었다. 밖에 나오자 햇빛에 눈이 부셔 깜빡였다. 눈이 아팠다. 길에서 악취가 났지만 신경 쓰지 않았다. 집 밖에 나왔다는 게 그저 좋았다. 방향을 틀어 좁은 흙길로 접어든 뒤 시장으로 가는 큰길로 접어들었다.

알마즈는 엄마와 함께 시장 좌판을 따라 걷고 있었다. 메스핀이 눈에 띄지 말라고 경고했는데도, 나는 시장 안으로 들어가 천장을 바라봤다. 어떻게 저 서까래 위에서 잤을까 정말 믿기 힘들었다. 금요일 아침이라 시장이 빠르게 붐비기 시작했다.

시야에서 놓쳤던 알마즈를 다시 찾아보니 알마즈가 렌틸콩 값을 흥정하고 있었다. 알마즈의 엄마는 과일 좌판 쪽으로 걷고 있었다. 알마즈가 장사치에게 돈을 건네려던 찰나, 어떤 남자가 지갑을 잡아채 큰 도로로 달아났다. 그 사람은 빨간 케피에를 쓰고 있었다. 알마즈가 소리를 지르며 쫓았다. 딸에게 일어난 일을 눈치챘을 때 엄마는 밀가루와 렌틸콩 포대에 가로막힌 상태였다.

그 남자는 다른 상인들을 요리조리 피하거나 밀치면서 달려 나갔다. 알마즈가 쫓아갔다. 그 남자보다 날렵한 알마즈가 곧 따라잡을 기세였다. 내 감으로는 남자를 붙잡는 건 좋은 판단이 아닌 것 같았다. 양파 포대를 뛰어넘어 알마즈를 쫓았다. 알마즈는 여자들을 피해 나에게 소리를 질렀다.

도둑이 큰길로 나가자, 한 남자가 능숙하게 오토바이를 돌려 도둑이 탈 수 있도록 대기시켰다. 아니나 다를까 붉은색 케피에를 두른 남자가 이상했다. 지갑을 인도에 올려놓았다. 그때 나는 그 남자가 노리는 게 지갑이 아니라 알마즈라는 사실을 깨달았다.

알마즈는 큰 도로에 다다라 반대쪽 좁은 골목을 건너고 있었다. 발을 헛디디면서도 시야에서 알마즈를 놓치지 않으려고 앞을 봤다. 남자를 쫓던 알마즈가 좁은 흙길에 다다랐다. 나는 길 끄트머리에서 미끄러지며 멈췄다. 남자 역시 길 가운데쯤에서 멈추는 동태가 보였다. 남자가 알마즈의 허리를 붙잡았다. 알마즈는 남자에게 몸을 돌려 발길질을 하거나 얼굴을 할퀴려고 했다.

"여자애에게서 손 떼." 내가 소리쳤다.

남자는 쳐다보지도 않았다. 알마즈보다도 훨씬 몸피가 우람해 알마즈를 금세 제압하더니 왼쪽 골목으로 끌고 들어갔다. 알마즈가 시야에서 사라지고 비명만 들렸다.

나는 전속력으로 괴한을 향해 질주했다. 발목에 날카로운 통증이 다시 살아났지만 무시해 버렸다. 시장에서 도우러 오는 사람은 없었다. 왼쪽으로 방향을 틀자 십 미터쯤 앞에 알마즈가 보였다. 나를 본 남자가 소리치기 시작했다. 얼굴에 턱까지 긴 흉터가 보였다.

골목까지 마지막 스퍼트를 해 그 남자의 옆까지 갔다. 남자는 대략 백팔십 센티 정도 키였다. 내가 남자의 어깨를 밀쳐 손을 붙잡으려 했다. 남자는 한 손으로 알마즈를 벽에 붙인 뒤 다른 손으로 내 얼굴을 가격했다. 내가 뒤로 나자빠졌다. 얼굴과 코에서 차가운 게 터져 나오고 맞은 부위가 욱신거렸다.

알마즈가 무릎으로 남자의 배를 찼다. 남자가 몸을 구부리자, 내가 발과 무릎으로 남자의 머리를 가격했다. 남자가 자갈밭으로 나자빠지자 다른 남자가 길 끝에서 나타나 우리를 향해 달려왔다. 나는 알마즈의 손을 잡아 내 앞으로 밀쳤다.

"뛰어!" 외쳤다. 그 전에 벌써 알마즈는 시장을 향해 있는 힘껏 달음질치고 있었다.

나도 뒤쫓아 속력을 높였다. 뒤에서 남자가 친구의 부축을 받으며 자갈에서 일어나 우리를 쫓는 소리가 들렸다. 우리가 길을 가로질러 큰 도로에 다다랐을 때, 오토바이가 방향을 튼 채 그 자리에 대기하고 있었다.

쉬윗이 극도로 흥분해서 좌판 끝에 안절부절못하고 있었다. 우리를 보더니 손을 들어 보였다. 우리가 다가가자, 알마즈를 끌어당기더니 양팔로 어깨를 꽉 끌어안았다. 나를 보더니 알마즈를 놓아주며 내 얼굴을 손으로 감싸더니 볼에 입을 맞췄다.

쉬윗이 내 코를 닦자 움찔했다. 그제야 눈언저리가 부어오르는 걸 느꼈다.

"네가 내 딸을 구했어. 알마즈를 구해줘서 정말 고맙구나." 그러더니 알마즈를 돌아보며 쉿 소리를 냈다. "남자를 쫓아가다니 도대체 생각이 있는 거니?"

알마즈가 고개를 숙였다. 알마즈는 주저하지 않고 남자를 뒤쫓았다. 행동은 용감했지만 그 용기 때문에 엄마가 남은 아이마저 잃을 수 있었다는 생각까지는 헤아리지 못했다.

시장을 둘러보았다. 우리를 해코지하려던 남자들은 보이지 않았다. 시장에 사람들이 몰려들어 거리를 두고 정체를 드러내지 않는 모양이었다. 하지만 우리 주변에 모인 사람들도 친절해 보이지 않기는 마찬가지였다. 몇몇은 목소리를 높이고 어떤 이들은 손가락질까지 했다.

"고개를 숙이고 가." 쉬윗이 조용히 쏘았다.

숨기

•

대문을 지나 설렁한 방으로 들어가자, 방이 전처럼 작거나 답답하게 느껴지지 않았다. 친밀하고 안전하며 은닉하기 딱 좋은 공간으로 느껴졌다.

알마즈가 차를 타러 나갔다. 알마즈가 차를 끓이는 동안, 쉬윗이 천을 물에 축여 나에게 건넸다. 나는 천을 욱신거리는 코에다 댔다.

알마즈가 돌아오자 쉬윗이 자상하게 말했다. "지갑은 다시 사면 돼. 하지만 딸은 안 되지." 그러더니 나를 처다봤다. "어디 얼굴 좀 보자."

차가운 천을 치우며 내가 물었다. "안 좋아 보여요?"

"코뼈가 부러진 것 같구나." 쉬윗이 답했다. "하지만 곧게 서 있긴 하구나. 운이 좋았어."

메스핀이 저녁에 돌아오자, 쉬윗이 방 뒤쪽 마당으로 메스핀을 데리고 나갔다. 밀담을 나누는 소리가 들렸다. 몇 분이 지나자, 메스핀이 상기된 얼굴로 돌아와 알마즈를 불러 앞에 앉혔다.

"다시는 그렇게 무모한 짓을 하지 않겠다고 약속해라." 메스핀이 타일렀다.

"네, 아빠. 약속해요. 죄송해요."

"시프가 거기 있었으니 운이 좋았던 거야."

다음으로 나를 불렀다. 몸을 내게로 숙이더니 어깨를 잡았다.

"고맙다." 짤막하면서도 묵직했다.

그날 밤, 저녁거리로 렌틸콩과 채 썬 양파가 전부였지만 대화가 넘쳐났다. 마치 모두가 이런 일이 일어나기를 바라고 있었던 것 같았다. 진짜 그런 일이 일어났고, 위기를 잘 넘겼다. 하지만, 우리가 있는 지역에 인신매매 패거리가 활개치고 있다는 사실을 직접 확인한 뒤라 걱정만 늘었다. 그리고 대낮에, 그것도 큰길에서 알마즈를 끌고 가려고 했다는 것도 큰 위협이 되었다.

"내가 사막에서 마을로 걷고 있을 때 만난 사람들도 그런 자들이었던 것 같아요."

"너를 혼자 놔두고 가버렸어?" 메스핀이 물었다.

"내가 일어서자 트럭을 돌려 가버렸어요."

"아마 네가 다친 걸 본 모양이구나. 그 상태로는 가치가 없다고 판단했겠지. 하지만 예쁜 여자아이는 값이 많이 나간다." 메스핀이 말했다.

"시장 쪽에서 누가 도우러 안 왔어?" 메스핀이 쉬윗에게 물었다.

"그 사람들도 좀 많이 놀란 것 같았어요." 쉬윗이 말을 이었다. "아니면 많은 난민들이 자기네 마을을 지나다니는 게 싫었을 수도 있죠."

"만약을 위해 두 사람은 출발할 때까지 집 밖에 나다니는 걸 삼가는 게 좋겠어." 메스핀이 쉬윗과 알마즈를 보며 말했다.

"그럼 장을 어떻게 봐야 하나요?" 쉬윗이 물었다.

메스핀이 나를 바라봤다. "도울 일이 있는지 물었지? 그걸 하면 되겠다. 네가 장을 봐 오렴."

고개를 끄덕였다. 마침내 쓸모 있는 존재로 인정받는 것 같아 기뻤다.

나는 밖으로 나가 알마즈가 저녁 만드는 걸 도왔다.

"판다 같아." 알마즈가 말했다.

자동적으로 손이 코로 올라갔다. 이마에 통증이 없기를 바랐다. "무슨 말이야?"

"눈이 시퍼레." 알마즈가 킥킥거렸다.

"그래. 웃겨서 좋겠다." 멍든 모습에 당황하며 내가 우스갯소리를 했다. "다음에는 납치당해도 몰라."

저녁 식사 뒤에 메스핀이 나를 부르더니 옆에 앉으라고 했다.

"아토 메드하니가 오늘 밤 우리를 보잔다. 지금 가자. 사람들이 길에 많이 안 다닐 때가 더 안전하니까." 메스핀이 말했다.

신발을 신자, 알마즈가 다가와 팔을 치며 말했다. "조심해."

메스핀을 따라 골목으로 나갔다. 지난번과 똑같은 길을 따라 갔다. 코너에 자몽이 열린 큰 나무가 보였다.

문을 두드리는데 서늘함이 느껴졌다. 만약 삼촌이 돈을 안 보 냈으면, 이 마을에 혼자 남아야 한다. 혼자 일자리를 구하고, 혼 자 요리를 하고, 장을 보면서, 동시에 돈을 구해야 한다. 다시 떠 날 기회를 얻기까지 일 년이 걸릴지, 오 년이 걸릴지 장담할 수 없다. 그나마 납치를 당하지 않는다는 전제하에.

무엇보다 가장 두려운 건 알마즈 가족과 떨어지는 거였다. 그 들이 함께했기에 내가 여태 살 수 있었다. 엄마와 렘렘과 떨어진 상황에서 그 가족이 내게 살아갈 힘을 주었다. 오롯이 나 혼자 처음부터 다시 시작할 용기가 나지 않았다.

우리는 문을 열고 들어가 흰 셔츠를 입은 남자가 기다리는 테 이블로 향했다. 이번에는 혼자였지만 휴대전화로 시끄럽게 떠드 는 중이었다. 우리를 보더니 와 앉으라고 손짓했다.

"커피?" 전화기를 살짝 떼더니 물었다.

메스핀이 고개를 끄덕였다.

메드하니는 주방을 향해 뭐라고 소리치더니 하던 전화를 계 속했다. 뭔가에 화나 보였다. 어떤 여자가 커피포트와 작은 찻잔 두 개를 가져올 즈음, 전화를 끊더니 테이블 위에 던졌다. 메드하 니가 나를 쳐다봤다. "얼굴이 왜 그래?"

"아무것도 아니에요. 그냥 좀 싸웠어요." 내가 답했다.

메드하니는 놀란 기색도 없이 고개를 끄덕였다. "삼촌이 너를 아끼는 모양이다. 돈이 입금되었구나." 이번에는 메스핀을 보며 말했다. "나머지 돈은 금요일에 입금할 거죠?"

메스핀이 끄덕였다. "일을 마치는 대로 드릴게요."

"좋아요. 그럼 다음에 뭘 해야 할지 말할 시간이군요. 뭐 질문 있어요?"

질문할 게 따로 떠오르지 않았다. 비니라면 뭔가 중요한 것을 떠올릴 수도 있겠다 싶었다. 알마즈도 마찬가지고.

메드하니는 어떻게 우리를 차에 태우고, 어떻게 갈 건지 여정을 세세하게 설명하더니 악수를 청했다.

"월요일에 작전이 제대로 굴러가고 있는지 체크하기 위해 트럭 있는 데서 기다리겠습니다." 메드하니가 말했다.

집에 돌아오자, 쉬윗과 알마즈가 슬그머니 다가왔다. 쉬윗이 바닥에서 자고 있는 제넷과 그 남편을 가리키자, 우리는 마당으로 나가 냄비와 프라이팬 옆에 웅크리고 앉았다.

"시프도 우리와 같이 갈 거야." 메스핀이 말했다.

쉬윗이 다가와 나를 안았다. 알마즈도 나를 안았다. 나는 뭔가 좋은 일에 낀 것 같은 기분이 들었다.

"월요일 저녁에 사람들이 집으로 와서 트럭에 싣고 갈 거야." 메스핀이 설명을 이어갔다. "물과 음식을 준비하고, 옷을 최대한 많이 껴입어야 해. 가방 하나 말고는 짐을 챙겨갈 수 없을 테니.

메드하니가 그러는데 트럭이 새것이라 닷새 안에 사막 북쪽 국경에 다다를 거라고 했어. 접선자를 만나 항구로 갈 거야. 거기서 보트를 타고 이탈리아로 가는 거지."

그날 밤 잠자리에 누워 천장을 바라봤다. 자유를 얻을 트럭을 타기까지 이제 나흘 남았다.

알마즈는 다른 방에서 엄마 곁에 누워 있었다. 달빛이 칸막이 가장자리를 비추자, 역시 잠들지 않는 알마즈가 보였다.

머릿속으로 사람들 이름과 전화번호를 되뇌며 마음을 가라앉혔다. 엄마가 영국에 사는 친구의 번호를 가르쳐줬다. 일단 거기 도착하면 맨 처음 그 분에게 전화를 하고, 그다음에 엄마에게 전화해 내가 괜찮다고 전할 참이었다. 근데 지금은 엄마에게 전화해서는 안 된다.

영국의 학교는 어떨지 궁금해졌다. 절대 비니 같은 친구를 사귀지는 못 하겠지만 친구를 사귈 수는 있겠지? 난 영어를 꽤 하는 편이었지만, 원어민을 한 번도 만난 적 없는 선생님에게 배운 터라 영어가 실제로 어떻게 들릴지는 짐작만 하고 있었다.

평소처럼 일찍 일어났지만 잠을 거의 못 잔 탓에 몽롱한 상태였다.

다른 사람들도 기지개를 켜며 하품을 했다. 제넷은 그냥 누워 있었다. 남편이 차를 가져가자, 제넷이 머리를 다듬으며 일어나 앉았다. 제넷의 다리가 푸른빛으로 변하기 시작했다. 병원에 갈 돈이 없었다. 남편이 버는 수입은 모두 메드하니에게 갖다 바치고 있었다.

알마즈가 물을 끓이러 밖에 나가는데 메스핀이 다시 불러들였다. 보통 같으면 메스핀이 일을 나갈 시각이었다. 나더러 다가와 앉으라고 했다. 쉬윗과 알마즈도 곁에 있었다.

"직장 동료한테 들었는데 어떤 사람이 나에 대해 꼬치꼬치 캐묻고 다닌다더구나. 알마즈를 놓치자 인신매매 조직들이 화가 나 우리를 뒤지고 다니는 모양이야. 우리 모두를 말이지. 팔지 못하면 보복이라도 하려는 거겠지. 이 돈을 받아." 메스핀이 지저분한 돈다발을 내게 건네더니 쉬윗을 바라봤다. "많지는 않아요. 오늘내일은 일을 하러 갈 수가 없어. 아토 메드하니에게 마지막으로 치를 잔금을 주고 와야 해. 시프에게 필요한 물품을 미리 다 말해요. 오늘이 시장에 마지막으로 가는 날이니 나흘 동안 먹을 장을 다 봐야 해. 하다못해 렌틸콩이라도." 다시 나를 쳐다봤다. "서둘러라. 누가 따라붙는지 잘 보고. 메드하니에게 돈을 갖다 주고 오마."

신발을 신자 알마즈가 장바구니를 건네주었다.

"조심해." 알마즈가 당부했다.

끄덕인 뒤에 집을 나섰다.

시장에 도착하자마자 한눈에 뭔가 달라졌음이 보였다. 전에 알마즈가 렌틸콩을 흥정하던 상인에게 다가갔다. 주변에서 들리는 시끄러운 잡음과 오토바이가 빵빵대는 경적은 평소와 같았지만 상인은 전처럼 편해 보이지 않았다. 내 주문을 받으면서도 내 눈을 마주치지 못했다.

키 작은 남자가 내가 처음 며칠 밤을 보낸 장소 근처의 컴컴한 그늘에 서 있는 행색이 눈에 들어왔다. 나를 빤히 보고 있다가 내가 쳐다보니까 고개를 돌렸다. 시장을 훑어보니 상인들과 멀리 떨어진 길가에 다른 남자가 서 있는 게 보였다. 물건을 사려는 사람 같지는 않았다. 기둥에 기대어 서서 이쑤시개를 물고 있었다. 파란색 케피에를 쓰고 있었지만 누군지 알 수 있었다. 얼굴에 흉터가 난 바로 그 남자였다.

값을 치른 뒤에 장바구니를 한 손으로 들고 좌판을 따라 서두르는 기색 없이 걸었다. 시장 끄트머리에 다다르자 두 남자가 나를 향해 걸어오기 시작했다.

집으로 가는 길로 접어드는 대신, 시장 옆길을 건넜다. 코너를 돌아 마을 중앙으로 이어진 북적한 큰 도로로 접어들었다. 가게와 커피 장수를 요리조리 피하면서 뛰기 시작했다.

오십 미터쯤 달린 뒤, 뒤를 돌아보니 여전히 내 뒤를 밟는 두 남자가 보였다. 큰 도로의 사거리에서 좌우를 살폈다. 앞에 극장이 있었다. 극장 출입구로 향했다. 큰 문은 닫혔지만 곁문이 열려 있었다. 안으로 달려 들어가다가 양동이와 마대 걸레를 발로 걸어찼다. 문을 잠근 후 어둠 속에 몸을 숨기고 숨을 가다듬었다.

문손잡이가 돌아가더니 분홍색 스카프를 쓴 여자가 빼꼼히 안을 들여다보았다. 나를 보더니 비명을 꽥 질렀다.

"죄송해요." 장바구니를 내려놓고 손에 아무것도 가진 게 없음을 보이기 위해 양손을 들어 올리고 말했다. 여자는 여전히 겁에 질려 어쩔 줄 몰라 하는 표정이었다. 음식 재료와 장바구니가 놓인 선반에서 커다란 흰 천을 집어 그 여자가 다시 비명을 지르기 전에 서둘러 빠져나갔다. 뒤쪽에서 아침 햇빛이 쏟아져 들어와 눈이 부셨다. 얇은 흰 천을 머리에 두르고 고개를 들지 않고 큰 도로를 따라 걸었다. 시장을 통하지 않고 집으로 돌아가는 다른 길을 찾았다.

남자들이 내 뒤를 밟는지 알고 싶었지만 뒤를 돌아보지 않았다. 이십 미터쯤 가자 큰 도로에서 벗어났다.

교통이 뜸해졌다. 길은 텅 비어 있었다. 뒤에서 발소리가 들렸다. 나는 오른쪽으로 돈 후에 다시 또 오른쪽으로 돌았다. 집으로 돌아가는 길이기를 고대하며. 곧 집 앞 골목길에 접어들었음을 알아챘다.

문으로 가 미리 약조한 방식대로 조심스레 두드렸다. 태양을 등지고 어둠 속으로 들어가자, 등이 흠뻑 젖은 상태임을 알았다.

"두 남자가 시장에서 죽치고 있었어요." 나를 주목하고 있는 모든 이들에게 서둘러 말했다.

메스핀은 이미 돈을 주고 돌아와 있었다. 문을 걸고 창문으로 다가가 가리개 사이로 밖을 내다보며 물었다. "누가 따라왔니?"

"아니요, 극장에서 따돌렸어요."

알마즈가 쿡 웃음을 터뜨렸다. 나도 따라 웃고 있는 것을 깨달았다. 내가 여전히 자유의 몸이라서, 아니 어쩌면 극장에서 납치범들을 따돌린 게 짜릿해서 그런 것이다.

월요일에 여기를 뜨지 못한다면 영영 떠나지 못할 게 분명했다.

우리는 남은 음식 주머니를 열었다. 남은 날 동안 겨우 버틸 정도였다. 여행하는 동안 먹을 여분의 식량이 없었다. 쉬윗이 제넷을 보살피는 동안 알마즈와 내가 평소처럼 재료를 썰고 냄비를 저으며 점심을 준비했다. 알마즈는 손이 빠르고 능숙했다. 따라 하려고 해도 나는 엉망이었다. 알마즈와 함께 요리하면 차분해지는 걸 느꼈다.

"제법 잘하네." 알마즈가 말했다. "영국에 가면 가르치는 일 대신 셰프 훈련을 받아도 되겠어."

내가 웃었다. "요리하는 것도 좋지만, 내 주 종목은 흡입하는 거야."

잠시 설렁한 침묵이 흐른 뒤에 내가 물었다. "영국 대신 이탈리아로 가는 걸 진작 알고 있었니?"

"너랑 아빠가 돌아오던 날 밤까지는 몰랐어. 아빠가 그러는데 이탈리아에는 아는 사람이 없어서 일자리를 구하기가 더 힘들 거래."

"진짜 이탈리아 피자를 먹고 싶다." 내가 말했다. "내가 아는 사람들도 다 영국에 있어. 엄마에게 전화를 걸 수도 없으니, 어떻게 엄마에게 내 위치를 알릴지 궁리해 봐야겠어. 친구들에게 너희가 곧 떠난다는 걸 알리고 왔니?"

"아니. 아무도 몰라. 아빠가 아무에게도 얘기하면 안 된다고 했어. 그냥 평소처럼 행동하는 게 중요하다고. 학교 마지막 날, 다시는 친구들을 못 볼 거라는 사실을 알고도 작별 인사를 차마 할 수 없었어. 다음 날 아침에 다시 볼 듯이 행동했어."

알마즈가 물을 냄비에 약간 부었다. 지글거리는 소리가 나더니 양파가 탄 연기가 피어올랐다. 평상시 알마즈는 좀처럼 음식을 태우지 않았다.

그다음 며칠은 시간이 느릿느릿 지나갔다. 무얼 챙기고 무얼 남겨두어야 할지 고르면서 일부러 분주하게 보내려 애썼다. 가진 게 별로 없어 시간이 걸리진 않았다. 쉬윗은 세탁물 가방의 지퍼를 고쳐 모든 걸 거기다 쑤셔 넣었다.

두 번이나 납치범들을 따돌리느라 뛰어 다시 발목이 욱신거리기 시작해, 나는 발목을 마사지했다.

알마즈는 네텔라의 가장자리에 수를 놓으면서 시간을 보냈다. 그 모습을 보고 있노라면, 엄마가 일터에서 돌아온 저녁 시간이 떠올랐다.

게베타 놀이를 꽤 했다. 계란 껍데기 네 개가 부서졌지만 우리는 대체할 놀이가 없었다.

일요일 밤에 우리는 같은 방에 모여 마지막 밤을 보낼 준비를 했다.

아침이 밝자, 쉬윗이 제넷과 제넷 남편 옆에 가 앉았다. 한동안 그들은 밀담을 나누었다. 제넷이 울기 시작하자 쉬윗이 안아주었다.

제넷은 열이 심해지고 나날이 증세가 깊어갔다. 나는 쉬윗이 제넷을 의사에게 보이고 싶어 한다는 것을 알았고, 제넷을 위해 그들이 뭘 할 수 있을지 찾고 있는 것도 알았다. 찾지 못하면 제넷은 패혈증에 걸려 죽을 것이다. 제넷의 남편은 아내를 병원에 혼자 두고 떠나야 한다는 것과 병원비를 어떻게 감당할지에 대해 늘 걱정했다. 결국 두 사람이 우리와 같이 갈 방법은 없었다.

이야기를 마치자, 알마즈가 제넷에게 다가가 밝은색 스카프 하나를 건넸다.

알마즈가 일어서자 내 차례가 다가왔다.

"다리가 나으면 몇 달 내로 우리를 뒤따라올 수 있을 거예요." 내가 위로했다.

제닛은 나를 올려다보며 옅은 미소를 지었다. 때로는 마음이 아플 때, 말보다 미소 짓는 게 더 나은 법이니까.

뒤돌아 제닛의 남편에게도 작별 인사를 했다. 이제 그 사람은 일도, 장도, 두 사람이 먹을 음식도 혼자 감당해야 했다.

점심을 먹고 잠시 후 누군가 문을 두드렸다.

"누구세요?" 메스핀이 물었다.

"갈 시간입니다." 밖에서 영어로 다급하게 답했다.

쉬윗과 알마즈가 제닛의 볼에 입을 맞추었다. 제닛이 희미하게 웃다가 말았다.

나는 줄무늬 세탁물 가방을 들었다. 우리 넷이 밖으로 나갈 때 알마즈가 한쪽 팔로 내 팔을 붙잡았다.

소총을 든 두 사람이 골목에서 기다리고 있었다. "우리 뒤에서는 줄지어 걸으면 안 됩니다. 고개를 숙이고요. 갑시다."

또 한 번 집을 떠나는 순간이었다. 그러나 이번 목적지는 유럽이었다. 흥분하지 않으려 애썼다. 탈옥할 때 테스파이는 성공할 확률이 제로보다 약간 높은 수준에 불과하다고 했었다. 이번 여정으로 그 가능성은 훨씬 높아졌다. 갑자기 서글픔이 몰려왔다. 나는 비니를 챙겼어야 했다. 우리는 서로 돌보기로 했으니까. 비니는 내가 탈출하도록 해줬건만, 나는 그 애가 죽도록 내버려 두었다. 알마즈 가족이 나와 동행하는 건 어리석은 일이다.

우리는 조용히 미로 같은 골목을 걸어가 큰길에 다다랐다. 차와 트럭들이 일으키는 먼지 덕분에 우리는 눈에 덜 띄었다. 사람들이 차들 옆으로 분주히 오갔다. 무장을 한 남자들은 걸음이 빨라 따라가기가 쉽지 않았다. 세탁물 가방의 모양새가 이상해 앞에 메다 보니 전방 시야가 확보되지 않았다. 등에는 땀이 줄줄 흘러내렸다.

마을의 끄트머리에 이르자, 축구 경기장 두 개 크기의 공터가 나타났다. 버스와 대형 버스, 택시로 시끌시끌했다.

알마즈는 엄마 곁에서 걸었다. 둘 다 바닥만 바라봤다.

나는 메스핀과 같이 걸었다. 알마즈를 구한 뒤로 메스핀은 나를 마치 가족의 일원인 것처럼 대했다. 심지어 게베타 놀이도 몇 번 같이 했다. 아내와 딸을 데리고 안전한 집을 떠나 사막을 건너는 마음이 어떨지 궁금했다. 그 집도 머지않아 안전하지 않게 되겠지만.

버스 정류장 끝에 뚜껑이 없는 큰 트럭이 보였다. 안에는 육칠십 명이 꽉 들어차 있었다. 노란색 플라스틱 물통들이 옆에 매달려 있어 마치 배부른 당나귀처럼 불룩하게 보였다. 우리가 탈 트럭임을 곧 알아보았다. 내가 목도한 현실의 트럭은 낡고 더러운 데다 승객이 태양을 피할 공간도 없었다. 메드하니가 약속한 새 차는 그 어디서도 찾을 수가 없었다. 그리고 메드하니도 없었다. 바쁘겠지 싶었다.

무장을 한 남자 하나가 주머니에서 구겨진 종이를 꺼냈다. "이름?" 나를 쳐다봤다.

"시프에르와 게브레스라시입니다."

이번에는 알마즈 앞에 가서 웃음을 머물고 물었다. 그런데 친절한 미소가 아니다. "이름이?"

알마즈가 남자와 눈을 마주치지 않으려고 땅을 보고 답하는 바람에 말소리가 거의 들리지 않았다.

소총을 든 다른 남자는 키가 큰 데다 코가 부러진 것처럼 구부러져 있었다. 우리 넷에게 말했다. "노란 통은 연료와 물입니다. 마음대로 마시면 안 됩니다. 먹거나 마시려고 멈췄을 때 우리가 나눠줄 겁니다. 길이 좋으면 사막을 건너는 데에 닷새나 엿새 정도 걸립니다. 국경에 닿으면 다른 트럭이 항구로 데려가 줄 겁니다. 알아들었습니까?"

우리 모두는 말없이 고개를 끄덕였다.

"올라가서 자리를 잡아요. 가방을 놓을 공간이 없으니 두고 타세요."

트럭은 이미 꽉 찬 상태였다. 메스핀이 먼저 기어올라 내게 손을 내밀었다. 둘이 같이 쉬윗과 알마즈를 끌어올렸다. 사방에서 몸을 밀쳤다. 날은 뜨겁고 햇살이 내리꽂혔다. 알마즈와 나는 트럭 앞쪽으로 나아갔지만 앉을 공간이 없었다. 웃옷을 벗어 머리와 목에 둘렀다.

브로커들이 뛰어올라 끄트머리에 앉을 곳을 찾았다. 총을 무릎에 놓았다. 쉬윗과 메스핀 역시 트럭 가장자리에 자리 잡았다. 거기가 좀 더 시원하고 덜 붐볐다. 시동을 걸자, 트럭은 매연을 내뿜으며 뿌연 사막을 향해 천천히 나아갔다.

멈추지 않고 몇 시간을 달렸다. 서로 언어는 달랐지만, 트럭에 탄 다른 사람들이 남쪽 난민 캠프에서 왔다는 사실을 알 수 있었다. 마을에 이르기 전에 한 시간을 차로 왔을 터였다. 내 또래 남자아이 몇 명, 더 나이 든 사람들, 렘렘보다 어린 아들을 둔 여자도 있었다.

입이 바짝 말라 침을 삼키기 힘들었다. 눈이 아렸다. 붉은빛 산들과 마을이 사라지고, 사방이 누렇고 평평한 정경이 되었다. 오렌지빛 사막에서 뭉게뭉게 피어오르는 미래를 향해 나아가는 것만 같았다.

알마즈가 돌아보며 미소 지었다.

왜 웃는지 알았다. 뭔가를 같이한다는 느낌이 좋았다. 공동체의 일원이라는 것. 그 덕분에 여정이 일상적인 일인 것처럼 느껴졌다. 나도 미소로 답했다.

"아토 메드하니는 돈을 갈퀴로 긁어모으겠어요." 내가 말했다.

사막2

•

　나흘을 달렸다. 아침과 오후에 한 번씩 멈추고 그때마다 빵과 차가운 렌틸콩을 삼키고 물을 들이켰다. 수프가 떨어진 다음에는 딱딱한 빵만 먹었다. 낡은 비닐 거적을 덮고 잤다. 알마즈는 부모 사이에 자고, 나는 메스핀 옆이었다. 모래벌판에 얕게 구덩이를 파고 그 위에 비닐을 덮었다. 가장자리에는 모래를 덮어 눌렀다. 매일 밤 예닐곱 명이 구덩이를 나누어 썼다. 갈비뼈가 다시 드러나기 시작했다. 길이 따로 없었다. 모랫길과 길이 나지 않은 곳에서는 더 천천히 나아갔다. 부드러운 모래에 자주 미끄러지면서도 운전자는 핸들을 돌려야 할 지점을 기가 막히게 잘 알고 있었다. 때로는 멀리서 모래 기둥이 일어나는 게 보였다. 아마도 또 다른 국경행 트럭이 사막을 가로지르겠거니 했다.

　시끄러운 엔진 소리에 귀가 중독되어, 멈췄을 때도 귀에서 계속 윙윙거렸다. 차를 타는 동안 알마즈와 나는 크게 말하거나 입술을 읽는 데에 익숙해져 갔다. 알마즈는 내가 말하는 내용을 놓치지 않으려고 나를 응시했다. 또 알마즈는 답하기 전에 잠시 멈추어, 버리는 말이 없도록 주의했다. 지쳐서 오래 이야기할 수도 없었다. 대부분 영국 어디에 살고 싶은지에 관한 내용이었다.

"큰 도시는 말이지." 알마즈가 말을 꺼냈다. "큰 도시에는 극장과 콘서트장이 많아. 엄마가 런던에 사는 사람들 몇 명을 알아."

"나는 영국에 대해 아는 게 없어." 내가 솔직히 토로했다. "삼촌도 영국에 친구가 한 분 있다고 했을 뿐이야. 엄마는 북쪽에 사는 사람을 한 명 알고. 어딘지는 모르겠지만. 아마 영국 북쪽은 추울 테지."

"어디든 다 춥다던데." 알마즈가 말했다. "항상 비가 추적추적 내린대."

"그래도 건기가 있겠지."

집에 있는 엄마와 렘렘이 다시 그리웠다. 가족 없이 누구랑 살지? 군인들이 감시하고 있으니 엄마를 데려오는 데에 육 개월 이상 걸릴지도 모르겠다. 나는 알마즈와 쉬윗, 메스핀 곁에 머물고 싶었다. 영국에 도착하면, 이들이 나랑 같이 살고 싶지 않을 수 있었다. 일자리를 구하고 알마즈가 다닐 학교를 찾느라 정신이 없을 테니, 어쩌면 나는 성가신 군식구로 전락할 것이다.

트럭이 미끄러운 모래언덕을 오르느라 용을 썼다. 꼭대기에 다다를수록 엔진을 더 세차게 돌렸지만 속도는 느려졌다. 디젤 연기가 뿜어져 나오더니 트럭이 미끄러지다 멈췄다. 운전사가 문을 열고 모래 위로 내려서 총을 든 남자들에게 뭐라고 외쳤다.

발판 가까이에 서 있는 브로커가 신경질적으로 소리쳤다. "모두 내려." 명령이었다.

다리를 구부린 상태로 오래 있다 보니 다리가 뻣뻣했다. 우리는 주의 깊게 발판을 딛고 뜨거운 모래로 내려섰다. 알마즈와 나는 차에서 몇 미터 떨어진 사막 위에서 기다리는 알마즈 부모 곁으로 모래를 헤집으며 나아갔다.

"엄마, 괜찮아요?" 알마즈가 물었다.

"약간 목이 말라." 쉬윗이 답했다. "앉을 자리가 있어 천만다행이지 않니?" 쉬윗이 스카프를 풀었다. "가까이 오렴." 스카프로 그늘을 만들어 주려는 듯했다.

가까이 다가가기 전에 브로커 한 명이 나를 지목하더니 외쳤다. "너!"

모래 위에 삽이 몇 자루 덩그러니 놓여 있었다. 그 브로커가 남자들 가운데 아홉에서 열 명 정도를 추리더니 바퀴로 데려갔다. 다른 브로커는 다른 사람들에게 트레일러 바닥에서 나무 널빤지를 주우라고 시켰다.

바람 한 점 없는 날, 우리는 길을 따라 트럭을 타고 사막을 달려왔다. 위에서는 태양이 내리쬐고, 아래에서는 모래 열기가 올라오는데, 그 열기는 시나브로 피부에 스며들었다. 우리는 점점 바싹 마른 사막이 되어갔다. 나는 눈에서 땀을 떨치기 위해 눈을 깜빡였고 숨을 고르게 쉬려고 애썼다.

한 시간쯤 땅을 파고 널빤지를 바퀴 아래에 깔자 트럭은 사구 꼭대기까지 서서히 움직였다. 운전사가 내리막길에서는 가장 단단한 모랫길을 찾기 위해 차에서 내렸다.

　현기증이 나고 피가 관자놀이로 몰렸다.

　"물 좀 주세요." 무리 중에 한 남자가 영어로 말했다.

　브로커가 어깨에 걸친 총을 내리더니, 트럭 옆에서 노란 통을 끌렀다. 트럭이 빠져나오도록 도운 사람들에게 작은 플라스틱 컵에 물을 가득 부어 주었다. 트럭 주변에 있던 승객들에게는 반 컵씩이었다. 사람들이 재빨리 움직여 그야말로 물을 열망하는 줄을 섰다. 그 누구도 밀치거나 하지 않았다. 어린 아들을 둔 가족을 맨 앞줄에 세웠다.

　트럭이 다시 시동을 걸고, 좀 더 단단한 모랫바닥을 디디며 언덕 아래로 미끄러지듯 내려갔다. 사람들이 뒤를 따라 걸었다. 쉬윗이 내 손을 잡더니 손바닥을 봤다. 물집을 보고는 쯧쯧 하면서 고개를 흔들었다. 소금기 나는 땀 때문에 따가웠지만, 땀은 최소한 감염을 막아줄 것이다. 먼지를 씻어낼 물은 없었다.

　알마즈와 나는 다시 트럭에 기어올랐다. 쉬윗과 메스핀이 트럭에 오르도록 손잡아준 뒤, 내가 앉았던 가운데 자리로 갔다.

　"땅 파느라 고생했지." 알마즈가 겨우 들릴만한 목소리로 다독여주었다.

　나는 간신히 몸을 지탱하면서 웃어 보였다.

트럭이 후끈한 바람을 내뿜으며 출발했고, 우리는 지평선 위로 노을 지는 태양을 향해 나아갔다.

사막3

다음 날 아침, 삽질 때문에 몸이 뻣뻣하고 한기를 느꼈다. 나는 그 서늘한 느낌을 만끽하려 노력했다. 비닐 거적을 말았다. 그리고 여명일 때 트럭은 출발했다.

메드하니 말로는 사막을 건너는 데 닷새나 엿새가 걸린다고 했었다. 오늘 밤에는 국경에 다다를 것이다.

몇 시간이 지나자 평평했던 사막이 작은 바위산으로 바뀌었다. 단단한 바닥에 모래 한 겹이 깔린 데를 지나는 것처럼 트럭이 덜컹대기 시작했다.

갑자기 큰 꿍음이 나더니 트럭이 뒤에 물리기라도 한 듯 펄쩍 튀어 올랐다. 그 바람에 가장자리에 앉아 있던 승객들이 모랫바닥으로 내동댕이쳐졌다. 소름이 돋는 쿵 하는 소리가 퍼졌다. 디젤 냄새가 풍겼고 차가 술 취한 것처럼 기울어졌다. 트레일러가 한쪽으로 기우는 바람에 휩쓸려온 사람들의 무게에 짓눌리자 알마즈가 나한테 매달렸다. 압력이 올라가자 사람들이 옆과 뒤로 재빨리 몸을 움직여 바닥으로 뛰어내렸다. 사람들이 울부짖는 소리가 들리기 시작했다. 무슨 일인지 알 수가 없었다.

알마즈의 어깨를 잡고 눈을 보며 물었다.

"다쳤어?"

"응, 팔이. 그냥 좀 멍든 것 같아. 너는?"

"나는 괜찮아. 부모님이 어디 계시는지 찾자."

우리는 옆으로 기어가 바닥으로 내려섰다. 몇몇 승객이 바닥에 나동그라진 사람들 주변에 몰려 있었다. 트럭의 앞바퀴가 한쪽으로 완전히 휘었고, 옆에는 큰 암석이 있었다.

운전사가 얼굴에 피를 흘리며 바닥에 철퍼덕 앉아 있었다.

무장한 남자 중 한 사람이 휴대전화에 대고 소리를 꽥꽥 질렀다.

"엄마랑 아빠가 안 보여." 알마즈가 놀랐다.

그 애는 다친 사람들 사이를 뛰기 시작했다. 어떤 사람들은 팔다리를 부여잡고 비명을 질렀고, 대여섯 사람은 꼼짝도 하지 못했다.

알마즈가 아빠를 찾아냈다. 모래 위에 무릎을 꿇고 누군가를 살펴보는 중이었다. 알마즈가 서둘러 아빠 곁으로 다가가자 쉬윗이 누워있는 것이 보였다. 알마즈는 손으로 입을 막고 작은 울음을 터뜨렸다. 나도 메스핀 곁으로 다가갔다.

"물 좀 가져오렴." 메스핀이 침착하게 말했다.

트럭으로 달려가 노란 물통이 풀릴 때까지 끈을 잡아당겼다.

난리 통에 브로커가 나를 볼 정신은 없었다. 바닥에 물이 약간 남아 있었다.

돌아왔을 때, 쉬윗은 눈을 미세하게 뜬 상태였다. "내 다리. 다리가 어떻게 된 거죠?"

내려다보니 쉬윗의 무릎 아래가 이상한 각도로 꺾여 있었다.

"다리가 부러진 것 같아요." 내가 말했다.

"목이 너무 말라요." 쉬윗이 내뱉었다.

물을 물통 뚜껑에 따라 알마즈에게 전달했다. 알마즈는 엄마의 입에 살짝 적셔 주었다. 태양이 사납도록 뜨거웠다. 알마즈가 스카프를 벗어 엄마에게 그늘을 만들어주었다.

의사처럼 보이는 사람이 바닥에 누워있는 사람들 사이를 헤집고 다녔다. 그 남자가 다가와 쉬윗 곁에 웅크리고 앉았다. 메스핀 나이 정도 되어 보였지만 눈가에 주름이 훨씬 더 많았다.

"다리 말고 아픈 데는 없어요?" 그 남자가 물었다.

"아니요. 다리만요."

무릎 쪽 옷을 들어 올리자 쉬윗이 비명을 질렀다. "운이 좋습니다. 넓적다리뼈를 다치지는 않았네요. 하지만 다리뼈 골절이 심하네요. 다리에 부목을 대어줄 테니 병원에 갈 때까지 유지하도록 해요."

알마즈가 고개를 들더니 나를 보았다.

"국경까지 얼마나 남았는지 아세요?" 내가 물었다.

남자가 고개를 흔들었다. "부목으로 사용할 게 있어야 해."

주위를 둘러보다 트럭 뒤에 매달린 장작 다발이 눈에 들어왔다. 그중 하나를 빼서 의사에게 가져갔다.

"그거면 되겠다." 의사가 막대기를 둘로 쪼개며 말했다. "치마를 찢어도 되겠어요?" 남자가 쉬윗의 드레스 밑단을 찢어냈다. 그걸 다시 더 작은 조각으로 찢었다. 의사는 천 한 조각을 쉬윗에게 건넸다. "이걸 이 사이에 꽉 물고 딸의 손을 잡아요. 알았죠. 준비됐어요?"

의사가 나무 막대기를 부러진 뼈 양쪽에 대더니 원래 모양대로 맞추기 시작했다. 쉬윗이 고통스럽게 비명을 지르다 눈을 감더니 의식을 잃어버렸다.

"이러면 좀 나을 겁니다." 의사가 보지도 않은 채 말했다.

알마즈의 얼굴에 눈물이 흘러내렸다.

메스핀은 말이 없었다. 그는 아내의 이마를 쓰다듬었다.

의사가 쉬윗의 다리에 부목을 대는 작업을 마쳤다. "부목을 댔으니 골절이 악화되지 않고 여행할 수 있을 겁니다. 물을 충분히 주세요."

남자가 일어서 주위를 둘러보았다. 사람들이 손짓하며 주의를 끌려고 소리들을 질렀다.

브로커 중 한 명이 공중에 총을 쐈다. 사방이 일순 조용해지고, 한 여성이 고통스럽게 울부짖는 소리만이 울려 퍼졌다. 모두가 고개를 돌려 총 든 남자를 쳐다보았다. 남자가 소리를 고래고 래 질렀지만, 나는 몇 마디밖에 알아듣지 못했다.

알마즈가 집중해서 들었다. 총 든 남자가 말을 마치자, 사람들 이 트럭 주변에 흩어진 물건들을 모으기 시작했다.

"국경에 가까이 왔대. 15킬로만 더 가면 된대." 알마즈가 말하 며 볼을 타고 흐르는 눈물을 닦아냈다. "걸어야 한대. 해 질 녘 에 국경에 도착하면 다른 트럭이 우리를 데리러 온다고. 내일까 지 작은 트럭을 보내서 부상자들을 실어 나를 거래."

총 든 남자가 다시 소리치기 시작했다. 사람들에게 이동하라 고 하는 것 같았다.

메스핀이 다시 말했다. "알마즈, 딸아, 엄마는 걸을 수 없어. 우리는 여기서 내일 다른 트럭이 올 때까지 기다릴게. 너는 시프 와 함께 먼저 가. 보트를 놓치면 안 돼."

"싫어요!" 알마즈가 목청을 높이는 것을 처음 들었다. "엄마, 아빠하고 여기 있을 거예요. 엄마를 돌보려면 제가 필요할 거예 요."

"내가 엄마를 돌볼 거다."

"혼자서는 안 가요."

고향을 떠나오던 마지막 날 밤이 기억났다. 자신과 렘렘은 같 이 갈 수 없다고 엄마가 말했을 때 느꼈던 헛헛함이 떠올랐다.

"너는 먼저 가야 해. 엄마는 다리가 완치되어야 보트를 태워

줄 거야. 횡단 비용은 다 지급했고, 되돌려받을 수 없어. 너의 책무는 영국에 가서 이모를 만나는 일이야. 그래야 엄마가 완치했을 때 보트 경비를 이모가 송금해 줄 수 있어. 네가 안 가면 우린 여기서 오도 가도 못 해. 우리는 휴대전화가 있어. 유심카드를 살 수 있는 곳에 가면 새로 살 거야. 새 번호로 이모에게 전화할 거야. 그러면 너는 우리가 어디 있는지 알 수 있어."

알마즈가 두 손으로 자신의 얼굴을 감쌌다.

메스핀이 나를 쳐다보며 당부했다. "우리 딸을 돌봐다오. 그게 이 순간부터 네가 할 일이야. 너라면 우리 딸의 생명을 지켜줄 거라 믿어. 이미 한 번 구했잖아."

고개를 끄덕였다. 하지만 내가 누군가의 생명을 책임질 자격이 있는 사람이라고 메스핀이 믿어도 되는지 확신이 안 섰다.

쉬윗이 몸을 뒤척이며 신음했다. 메스핀이 뚜껑에 있는 물을 아내의 입에 대 주었다. 걸을 수 있는 사람들은 소지품을 챙겨, 트럭 그늘에서 기다리는 브로커 옆으로 갔다. 물통이 몇 개 남지 않았다.

"엄마를 그늘로 옮겨요." 알마즈가 말했다.

메스핀이 어깨로 쉬윗을 부축했고, 알마즈와 나는 팔로 다리를 지탱해 주었다.

쉬윗이 통증 때문에 소리 질렀다. "제발, 제발 나를 여기 놔둬요."

우리는 게처럼 옆으로 걸으며 가능한 한 빨리 트럭 그늘 아래로 옮겼다. 모래에 눕히자 쉬윗이 고통스러워하며 신음을 냈다.

몇 미터 떨어진 곳에 밤색 세탁물 가방이 눈에 들어왔다. 그걸 쉬윗과 메스핀에게 끌어다 주었다.

"이걸 챙기세요. 밤에 체온을 유지하려면 여벌의 옷이 필요해요." 내가 말했다.

브로커가 나는 알아듣지 못하는 말로 다시 소리치더니 일어섰다. 주변에 흩어져 있던 사람들이 일어났다.

알마즈가 아빠를 안은 뒤에 몸을 숙여 엄마의 볼에 입을 맞추었다. 쉬윗은 거의 의식이 없었다.

"곧 만나요, 엄마." 알마즈가 속삭였다.

그러더니 일어나 나와 같이 총 든 남자 쪽으로 걸었다. 그녀의 얼굴에선 하염없이 눈물이 흘렀다. 나도 마찬가지였다.

메스핀과 쉬윗에게 작별 인사를 하고 도보로 이동할 수 있는 무리에 합류했다.

어떤 승객들은 놓고 갈만한 게 있는지 자신들의 가방을 살폈다. 알마즈와 나는 북쪽으로 나아가려고 사람을 버리고 가는 셈이 되었다.

태양이 쨍쨍한 낮이었지만, 우리는 굵은 모래 위를 묵묵히 걸었다. 발이 자꾸 미끄러졌다.

두 시간이 지나자 물을 마시기 위해 멈추었다. 우리 각자는 물통 뚜껑만큼만 마실 수 있었다. 요깃거리는 없었다. 발에는 물집이 잡혔고, 신발 속에선 땀과 모래가 마구 비벼졌다. 손이 따가웠다. 머리에서 심장의 맥박이 느껴졌다. 몸이 뜨거워 몸 전체가 퉁퉁 부은 느낌이었다.

알마즈는 브로커의 걸음에 뒤처지지 않기 위해 애썼다. 알마즈는 이제 혼자만의 목숨이 아니었다. 작은 아이가 있는 가족을 포함해 몇몇이 뒤처지기 시작했다. 나는 알마즈의 손을 잡았다.

"두 손이 자유로워야 걷기 편해." 알마즈가 걸음을 멈추지 않고 말했다.

고장 난 트럭을 떠나 걷기 시작한 사람들이 우리 뒤에서 띄엄띄엄 흩어져 걸었다. 너무 천천히 움직여 바람에 날리는 모래 사이에 박혀 있는 바위들과 구분하기 힘들 정도였다.

머리가 이상하리만큼 맑았다. 한 걸음씩 나아가는 것 말고는 다른 일에 집중할 에너지가 전혀 없었다. 한 걸음을 내디디면 반 걸음은 뒤로 미끄러지는 것 같았다. 알마즈도 나처럼 마음이 고요하기를 바랐다.

태양이 지평선 위로 떨어지기 시작할 무렵, 몇백 미터 앞에 트럭의 윤곽이 보였다. 브로커 중 하나가 소리를 지르자 트럭 위에 탄 남자가 화답했다. 그가 총을 공중에 흔들었다. 우리는 서둘러야 했다. 총 든 남자들 대여섯이 우리를 기다리고 있었다.

오십 명 정도 되는 사람들이 무장한 남자 주변에 모였다. 어린 아이를 동반한 가족을 볼 수 없었다. 총 든 남자들이 우리를 트럭 뒤로 몰았다.

알마즈가 내 팔을 잡았다. "나랑 같이 가. 혼자서 저 사람들과 말하기 싫어." 알마즈가 무장한 남자들에게 걸어갔다. "다친 사람들을 실은 트럭은 언제 오나요?" 알마즈가 영어로 물었다.

남자가 돌아보지도 않고 알마즈에게 딱 한 마디만 했다.

알마즈가 나를 돌아보더니 말했다. "내일 온대." 다소 안심한 듯했지만 내게 다시 물었다. "다친 사람들이 내일까지 마실 물이 있을까?"

"부상자들이 마실 물통을 놓고 왔어. 엄마와 아빠는 영리한 분들이잖아. 그늘에 머물면서 걷지 않을 거야. 걸으면 물을 마셔야 할 테니까."

우리가 트럭에 오른 마지막 사람들이었다. 뒤편에 앉았다. 나는 한쪽 팔로 물통을 감싸고, 다른 팔로 알마즈의 팔을 붙잡았다. 엔진이 요란한 소리를 내더니 오렌지빛을 비추며 어둠 속으로 나아갔다. 바퀴가 모래를 비집고 움직이자 우리는 휘청거리며 좌우로 흔들렸다. 이번 트럭은 처음 것보다 작아서 사람이 줄었는데도 더 비좁았다.

알마즈가 내 어깨에 기대 졸았다. 너무 피곤해 눈알이 아팠다. 알마즈를 돌보겠다고 약속했다. 만약 애가 졸다가 트럭 뒤로 떨어져도 사람들이 찾지 않을 것이라는 걸 감지할 수 있었다. 가족을 제외하면 알마즈가 지금 나에게 가장 소중한 존재였다. 가족이나 마찬가지였다. 그 애를 놓치면 안 되었다.

가깝고도 먼

●

　

새벽녘이 되자 앞쪽에 마을 비슷한 게 보였다. 트럭은 큰길을 벗어나 네모난 흰색 건물들이 늘어선 좁은 골목으로 접어들었다. 공기에서 새로운 냄새가 났다. 엄마가 알리차¹를 만들 때 나는 냄새와 비슷했다. 새들이 머리 위를 빙글 돌며 꽥꽥거렸다.

"바닷가 근처에 왔나 봐." 알마즈가 말했다. "해초 냄새가 난다. 양배추 냄새랑 약간 비슷해."

"어떻게 알아? 바다에 가 본 적 있어?" 내가 놀라 물었다.

"고모가 해안가에 살아. 어릴 때 놀러 간 적이 있었어. 물이 따뜻해서 사람들이 미역을 감았어. 잘 기억나지는 않지만 냄새는 기억나." 엄마 아빠를 그리워하는 어린 마음이 느껴졌다.

"영국은 섬이야. 거기서는 바다와 멀리 떨어져 살 수 없겠지. 같이 가면 좋겠다." 내가 말했다.

트럭이 속도를 늦추더니 좁은 고샅길에 멈춰 섰다. 브로커 중 하나가 사람들의 어깨를 치더니 내리라는 손짓을 했다. 나와 알

<hr>

1. 스튜 형태의 고기 요리.

마즈의 어깨도 툭툭 쳤다. 곧 포장도로에 열댓 명이 내려섰다. 아침 바람이 차서 팔로 몸을 감쌌다.

우리는 브로커를 따라 숙소의 문을 통해 삼 층의 작은 방으로 들어갔다.

"보트를 탈 때까지 여기서 기다려." 남자가 영어로 말했다. "먼저 돈을 확인할 거다."

바닥에 앉자마자 알마즈의 뺨 위로 눈물이 흘렀다. 어깨를 들썩이며 흐느꼈다. "엄마 아빠가 나를 영국에서 어떻게 찾지?" 알마즈가 울었다.

"너는 엄마 아빠랑 똑같은 전화번호를 알잖아. 그러니까 넌 같은 사람들에게 연락할 수 있어. 이모한테 연락하라고 아빠가 그랬잖아. 부모님도 이모에게 연락해서 돈을 보내 달라고 하시겠지. 엄마 아빠가 오시게 되면 널 곧 찾을 수 있어. 걱정하지 마. 부모님은 너와 그렇게 멀리 떨어져 있지 않아." 내가 듣기에도 자신이 있고, 안도가 되는 것 같았다. 내 처지와는 달랐다. 내 짐작으로는 그들은 뒤에 남은 사람들을 위해 트럭을 보내지 않을 것이다. 다른 이유가 생기지 않는데 브로커들이 한 트럭에 가득 찰 만큼 많은 부상자를 책임지려고 할까? 하지만 때로는 바라는 만큼 중요한 게 희망을 품는 것임을 배워왔다.

브로커가 우리 이름을 적었다. 몇 개의 언어들로 대화하느라 시간이 꽤 걸렸다. 돈을 냈는지 안 냈는지 그 남자가 영어로 물었다.

"입 다물고 있어." 방을 떠나면서 남자가 말했다. 그는 자신의 총을 툭툭 치더니 문으로 향했다. 밖에는 무장한 남자들이 지키고 있을 것이다. 돈을 받고서도 안 받았다고 할 것 같은 저 흰 셔츠 차림의 남자를 어떻게 믿고 삼촌이 돈을 보냈을까 궁금해졌다.

약 한 시간가량 뒤에 남자가 돌아왔다. 그 남자는 창가 쪽에 있는 여성에게 걸어갔다. 창 앞에는 천이 가려져 있었다.

"1,600불 내야 해." 남자가 말했다.

여자가 올려다보더니 뭐라고 소리를 질렀다. 영어는 아니었다.

"조용히 해." 남자가 쏘아붙였지만 여자가 벌떡 일어나 팔을 흔들며 소리쳤다.

남자가 여자의 팔을 낚아채더니 문으로 끌고 갔다. 복도에서 비명과 세게 한 방 먹이는 소리가 들리더니 이내 잠잠해졌다.

알마즈가 내 팔을 붙잡았다.

몇 분 후에 그가 다시 돌아왔다. 이번에는 우리 그룹의 다른 남자에게 갔다. "당신도 역시 1,600불을 내야 해."

남자가 자기 나라말로 답했다. 그러나 한결 나긋한 목소리였다. 결국 총 든 남자가 건넨 전화기를 받아들었다. 친구나 친척에게 전화를 거는 모양이었다. 어쩌면 그들이 돈을 갖고 있겠지만, 그렇지 않다면 그 남자는 여기 남아야 한다.

브로커가 몸을 돌려 나와 알마즈를 쳐다봤지만 다가오지는 않았다.

사흘 동안 방에서만 죽쳤다. 나야 좁은 공간에 익숙했지만, 다른 사람들은 불안해 서성거리다가 브로커에게 소리를 빽 질렀다. 그러면 그들이 와서 끌고 가겠다고 협박했다. 그래도 우리에게 따스한 음식이 제공되었고, 잘 때는 담요가 있었다. 심지어 복도 끝에는 화장실도 있었다.

밤에는 바닷소리가 들렸다. 아마도 방에서 이백 미터 정도 떨어진 곳인 모양이었다. 엄마와 렘렘이 나랑 같이 기다렸으면 얼마나 좋을까 싶었다. 렘렘은 내 다리에 앉았을 테고, 엄마와 무슨 일거리를 얻을지, 바다 근처에 살면 어떨지 두런두런 이야기를 나누었을 텐데. 아마 엄마는 그곳에서 인제라를 먹을 수 있을지가 가장 큰 관심사였을 것이다.

시간을 죽이기 위해 알마즈가 공룡에 대해 아는 걸 가르쳐줬다. 우리는 멍청한 놀이를 만들었다. 알마즈가 공룡 이름을 말하면 내가 그 공룡이 어떻게 생겼는지 추측하는 놀이였다. 티렉스는 맞췄지만, 나머지는 죄다 틀렸다. 공룡이 그다지 내게 흥미로운 주제가 아니라는 사실을 인정해야 했다. 답례로 나는 알마즈에게 체스 두는 법을 가르쳤다. 판에 어떻게 놓는지, 말들의 이름이 뭔지 알려주었다. 체스판을 실제로 보지 않고는 우스꽝스러운 놀이일 뿐임을 깨달았다.

우리 둘 다 사막 여정에 진이 빠졌던 터라, 나머지 시간은 대부분 비몽사몽이었다. 알마즈는 머리를 바닥에 대기보다 내 무릎에 얹었고, 나는 벽에 기댔다. 몇 달 전만 해도 여자애가 내 무릎을 베고 잔다는 것은 상상할 수 없는 일이었다. 하지만 여기서는 지극히 자연스러운 일로 느껴졌다.

삼 일이 지난 뒤 한밤중에, 누군가 문을 두드렸다. 브로커 세 명이 따라 들어왔다.

"보트." 그중 한 명이 영어로 말했다. "옷을 챙겨 따라오도록."

알마즈와 나는 이미 우리가 가진 옷을 다 꿰입고 있었다.

잠기운에 계단을 내려가니 밖에 트럭이 대기하고 있었다. 바다에서 찬 바람이 불어와 턱을 타고 몇 초 사이에 옷 속으로 스며들었다.

트럭에 오르자 한 남자가 우리더러 가운데로 가서 가능한 한 붙어 앉으라고 손짓했다. 우리가 밀착해서 앉자 무장한 한 사람이 올라왔다. 다른 브로커들이 커다란 포대를 전달하니까, 그 남자가 우리 주변에다 그것들을 쌓았다. 위장용 쌀 포대였다. 진짜 화물과 사람들 사이에 포대를 쌓았다.

곧 우리는 쌀 포대 더미에 완벽하게 가려졌다. 포대들이 점점 트럭 가운데로 몰려 우리의 공간이 쪼그라들었다. 그것들은 얼음장 같은 바람을 막아줬지만, 얼마나 이런 상태로 여행할 수 있을지 알 수 없었다.

트럭이 덜컹대며 길을 따라 나아가자, 몇 분 뒤에 고속도로 비슷한 길에 접어들었다. 차가 최고 속도로 질주했다. 잠시 후에 나는 잠들어 버렸다.

몇 시간이 지나 잠에서 깼다. 차가 멈추고 브로커들이 빵과 물을 트럭 안으로 던졌다. 그런 뒤에 트럭은 계속 달렸다. 우리는 해안선을 따라 달리는 게 분명했다. 바람은 여전히 세고 바닷새가 엔진 소리 너머 우는 소리가 들렸다.

구름이 전혀 개지 않았다. 늦은 오후가 되어서야 트럭이 다시 멈췄다.

*

이번에는 트럭에서 기어 나와 모래 해변 옆에 모였다. 얕은 바다로 튀어나온 작은 콘크리트 방파제였다. 나는 한 번도 바다를 본 일이 없었다. 알마즈가 물 너머를 응시했다. 수평선은 회색이었고, 바닷물은 검푸른 색으로 보였다. 아니 거의 검은색이었다.

방파제에는 오렌지색 재킷을 입은 남자들이 모여 있었다. 그 남자들이 손을 흔들고 뭐라 급박하게 말하면서 다가왔다.

"구명조끼 사고 싶은 사람 있나?" 브로커 중 하나가 물었다.

우린 돈이 없었지만, 몇 사람은 주머니에서 돈을 꺼냈다.

"필요할 것 같아?" 알마즈가 불안한 표정으로 물었다.

"아니, 보트가 있는데 구명조끼가 필요할까?"

그 애가 나를 보며 따스하게 웃자, 잠깐이나마 살을 에는 바람이 사라지는 것 같았다.

브로커들이 오렌지색 소형 고무보트 두 개를 가리켰다. 나는 겁에 질려 그것들을 쳐다봤다.

그가 내 얼굴에 대고 말했다. "아니야, 아니야, 큰 보트." 그는 바깥쪽 바다를 가리켰다.

작은 보트를 타고 더 큰 보트를 타러 간다는 말이었다.

"더 큰 보트가 진짜 있을까?" 알마즈가 속삭였다.

"작은 보트가 많으면, 운전하는 사람들에게 일일이 비용을 다 치러야 하겠지. 큰 배 하나를 쓰는 편이 낫겠지." 나 역시 속삭이며 답했다.

브로커들이 나와 다른 남자들을 가리키자, 우리는 바닷가에 있는 보트 중 하나로 다가갔다. 바닷물 위에 보트가 둥둥 뜰 때까지 좁은 방파제를 따라 보트를 밀었다. 그 뒤에 있던 두 번째 보트도 밀었다. 브로커들이 사람들을 부두로 몰았다. 그런데 알마즈가 보이지 않았다. 순간 기겁했다. 하지만 금세 나는 알마즈가 여자들 그룹에 끼어 있는 걸 알았다. 남자들을 밀치며 나아갔다. 브로커 하나가 소리를 고래고래 질렀지만 나는 알마즈에게 다가가 옆에 섰다.

사람들이 조심조심 가까운 배에 오르기 시작했다. 보트가 뒤 뚱거리자 사람들이 급히 주저앉았다. 예닐곱 명이 보트에 올라 앉자 경비가 알마즈에게 고개를 주억거렸다. 알마즈가 두 번째 배 중앙에 올랐다. 나도 따라갔다. 브로커들이 엔진 프로펠러를 물 쪽으로 기울이더니 시동 거는 줄을 잡아당겼다. 순간 고음이 침묵을 가르더니, 느린 속도로 방파제에서 멀어졌다.

알마즈가 바람에 떨었다. 물보라가 얇은 옷 위에 훅 끼치자 체 온을 하나도 남기지 않고 빼앗아 갔다. 그 애의 어깨에 팔을 둘 렀다. 파도 때문에 보트 바닥이 들썩이는 상황에서는 서로에게 그게 더 안정적이었다. 파도를 가르며 나아가다 보니, 내가 물에 빙 둘러싸여 있는 걸 두려워한다는 사실을 깨달았다. 바다는 살아있는 것 같았고, 화가 난 듯 보였다.

몇 분이 지난 뒤, 보트 뒤쪽에 있는 브로커가 소리치며 앞을 가리켰다. 앞에 파란색 낚싯배가 떠 있었다. 알마즈가 나를 올려 다보자, 내가 미소를 지었다. 좌우지간 큰 보트가 있다는 사실 에 가슴을 쓸어내렸다.

우리가 마지막으로 큰 보트에 오를 참이었다. 가까이 다가가자 보트에 있는 수백 명의 머리가 파도에 흔들리는 광경이 보였다.

밧줄로 만든 사다리로 큰 보트의 옆에다 작은 보트를 댔다. 고무보트가 파도를 따라 다른 리듬으로 출렁이다 보니 두 보트 가 서로 부딪쳤다.

남자들이 위에서 기다리다가 팔을 내밀었다. 알마즈는 두 배 사이에 빠지지 않으려고 밧줄 사다리를 꽉 붙잡았다. 매달린 채 위를 보며 손을 내밀었다. 한 남자가 손을 붙잡더니 위로 끌어 올리기 시작했다. 다른 여자가 오르고, 이제 내 차례였다.

　더 큰 파란 배의 선체에 내려서자 좀 더 안정감이 들었다. 나무로 된 선체에, 움직임도 더 부드러워서 안심되었다. 알마즈가 꽉 들어찬 사람들을 밀치며 내게로 왔다. 가장자리에 가까워 운이 좋다 싶었지만 배 가운데에서 사람들이 구토한 냄새가 진동했다. 흔들리는 배에서 모든 사람이 괜찮은 게 아니니까. 많은 사람들이 방파제에서 팔던 오렌지색 구명조끼를 입고 있었다. 최소한 다른 사람들보다 따뜻해 보였다. 바람을 막아줄 지붕이나 쉴 곳이 없었다. 아직 해지기 전인데도 구름이 잔뜩 끼어서 더 어둡게 느껴졌다.

　닻을 끌어올리자 보트의 바닥에서 삐걱거리는 진동이 일었다. 보트가 빙글 돌더니 파도를 따라 출렁이며 유럽으로 나아가기 시작했다.

　알마즈와 나는 다시 한번 일면식도 없는 사람들 속에 던져졌다. 다만 이번에는 말할 새가 없었다. 우리와 보트를 같이 탄 사람들의 인생 이야기를 들으며 무언가 배울 기회가 없었다. 이 사람들도 무서울까? 안심하고 있는 사람은 아무도 없을 터였다. 문득 고개를 들었을 때, 두세 줄 옆에 서 있는 의사가 보였다. 그 사람은 여태껏 다른 은신처에 머문 모양이다.

"저기, 의사 선생님!" 내가 소리 질렀다. 반가워 미처 내 입을 막을 새도 없이 말이 내 입 밖으로 튀어나와 버렸다.

누가 소란을 피우나 사람들이 쳐다보자, 의사가 고개를 돌렸다. 고개를 끄덕이며 '안녕'이라고 외쳤다.

별거 아니었지만 기분이 한결 좋아졌다. 더 안전하게 느껴졌달까. 알마즈의 손이 슬그머니 내 손 안에 들어오는 것이 느껴졌다. 나를 전혀 의심하지 않는다는 발견에 잠시 온기가 끼쳐왔다. 그 애는 내가 자기를 돌봐줄 거라 철석같이 믿었다.

얼마 가지 않아 바람이 거칠어지고 구름이 낮아졌다. 무거운 하중을 견디며 파도와 싸우느라 보트의 엔진이 헉헉거렸다. 보트를 조종하는 사람들이 서로 쌍방을 향해 외치는 소리가 들렸다. 비가 몇 방울 떨어지기 시작하여 알마즈의 어깨에 팔을 둘렀다. 우리는 둘 다 달달 떨었다. 얼굴이 물보라와 빗물에 젖어 반짝였다. 바다가 항상 이렇게 거친 건지 알 수 없었다. 주위를 둘러싼 사람들의 얼굴에서도 공포가 묻어났다.

보트

　　　　　　　•

　차갑고 짠 물이 두 눈을 찌르고 티셔츠를 적셨다. 보트 가장
자리에 매달린 내게 거대한 파도가 삼킬 듯 다가왔다. 보트가
기울어졌다. 사람들이 내게로 쏠려 내려오는 바람에 숨이 막혔
다. 가슴에서 공기가 빠져나갔다.

　하늘빛이 진회색으로 바뀌고 하얀 포말이 파도 위에서 일었
다. 바람이 사정없이 얼굴을 때렸다. 파도가 배를 밑으로 가라앉
혔고 배 옆면으로 물 한 양동이가 퍼부어졌다. 얼음같이 차가운
물이 다시 몸을 홀딱 적셨다. 바닥 물이 발목 위로 차고 오르는
것 같았다. 아무도 소리치지 않았다. 심지어 내 옆에 있는 아기
도 엄마에게 꼭 달라붙은 채 입을 다물었다.

　회녹색 파도가 우리 주위를 빙 둘러 벽을 이루었다. 배가 파
도 위로 치솟아도 보이는 거라곤 얼음장 같은 바람에 흩날리는
물보라뿐이었다. 유럽이 저 앞 어딘가에 있을 텐데. 육지라고는
코빼기도 보이지 않았다. 배가 파도의 골로 쏠려 내려가면 파도
가 배 옆면으로 밀려왔다. 물이 무릎까지 찼다. 발에 감각이 없

었다. 하지만 신발이 온통 물에 젖어 무거워진 건 느껴졌다. 다시 눈을 들어 위를 보았다. 아까보다 더 성난 파도가 소용돌이치는 게 보였다. 보트가 솟구쳤다. 이번에는 사람들도 끝까지 서서 버티려고 했다. 배에 물이 가득 차 파도 위로 떠다니는 게 아니라 물 아래로 빨려 들어가는 것 같았다. 마치 우리가 해변에 서 있는 사람들인 양 파도가 철썩 들이쳤다. 우리가 바다 한가운데 있다는 점이 다를 뿐이다. 순간 비명이 들려왔으나 물이 내 머리 위로 덮쳐왔다.

어디가 하늘이고 어디가 바다 아래인지 분간이 안 됐다. 눈을 뜨자 따가웠다. 하지만 구름처럼 뭉친 파도 거품과 누군가의 다리가 보였다. 위로 떠 오르려고 물을 발로 차니 가슴팍이 타는 듯했다. 더 이상 숨 쉬려는 사투를 할 수 없으리란 걸 알면서 한 번 더 발로 찼다. 마지막으로 물을 찼을 때는 다리 근육이 얼얼했다. 바람이 얼굴을 때려 의식상실 일보 직전이었다. 입으로 공기를 빨아들이는데 물보라도 함께 들어왔다.

숨이 막혔다. 헐떡거리고 쌕쌕거렸다. 물살이 나를 좌우로 흔들고 파도가 나를 위로 들었다 아래로 내려놓았다. 수영할 수 없었지만 본능적으로 물 위에 떠 있으려고 발길질을 해댔다. 엄마가 삼 주치 임금을 들여 사준 신발이 너무 무거웠다. 가라앉지 않기 위해 신발을 벗어 재끼려고 애썼다. 발길질을 오랫동안 지속하지 못하리라는 걸 알았다. 이미 허벅지와 팔에 힘이 빠졌다. 네 명, 어쩌면 다섯 명의 머리가 파도에 휘감기는 것이 보였다. 어떻게 그토록 빨리 삼백 명이 순식간에 사라진 걸까?

노란색 비닐봉지가 내게 밀려왔다. 안에 옷가지가 들어 있었다. 단단하게 입구를 묶어놔서 봉지는 마치 에어포켓처럼 떠다녔다. 거기 매달렸다.

옆에서 한 소년이 나타났다. 몇 초 전에 내가 그랬던 것처럼 물 위아래로 깔딱깔딱했다. 그에게 손을 뻗었다. 소년이 나를 쳐다봤다. 큰 눈에 계란형 얼굴이 비니와 닮았다.

다시 손을 뻗자, 내 손을 움켜잡으려 애썼다. 하지만 파도 밑으로 가라앉았다. 소년은 다시 떠오르지 않았다.

누가 나를 구하러 올까? 바닷물에 쓸려 다니는 다른 사람들과도 헤어졌는데 내가 어딨는지 누가 알까? 비니는 이럴 때 어떻게 했을까?

파도가 다시 밀려와 나를 들어 올렸을 때, 노란 물통에 매달린 알마즈를 보았다. 물보라 때문에 알마즈를 시야에서 놓쳤지만, 필사적인 의지로 물통이 어디로 떠가는지 눈으로 좇았다. 서서히 발길질을 해봤지만 소용없었다. 하지만 파도에 따라 우리는 같은 방향으로 함께 휩쓸려 다녔다. 가까이 밀려오자, 알마즈가 나를 뒤돌아봤다. 그 애가 손을 뻗었다. 나도 손을 뻗어 그녀의 손가락을 잡은 뒤 허리를 움켜잡았다. 우리는 서로에게 매달려, 물통과 봉지를 붙잡고 떠다녔다.

우리의 목숨이 비닐봉지와 물통에 달렸다.

알마즈의 입술이 파랗게 변하고, 손이 물통에서 계속 미끄러졌다.

"물을 발로 차!" 내가 소리쳤다.

알마즈의 손 위에 내 손을 얹고 눌러 잡았다.

다시 바람과 파도가 으르렁대며 몰려오는 소리가 들리더니 머리 위로 덮쳤다. 위에서 강한 바람이 누르듯, 바다가 둥그렇게 물보라를 일으키며 나를 납작하게 눌렀다. 눈을 드니 오렌지색 사람 형체가 하늘을 가르며 내 쪽으로 날아드는 게 보였다. 그 위로 빨갛고 하얀 헬리콥터가 맴돌았다.

아래를 보니, 노란 통을 붙잡고 매달려 있어야 할 알마즈가 보이지 않았다. 미친 듯이 주위를 살피는데 바닷물이 내 얼굴 아래에서 빙빙 돌았다. 알마즈가 어디에서도 보이지 않았다. 내 손 아래로 그 애의 손이 미끄러져 빠진 모양이었다. 손에 감각이 없어서 알아채지 못했다. 알마즈가 사라졌다.

뭔가가 내 다리를 건드렸다. 머리를 파도 아래로 처박고 팔을 아래로 뻗었다. 옷가지를 붙잡으며 사력을 다해 위로 잡아당겼다. 팔이었다. 가슴 쪽으로 잡아당겨, 수면 위로 몸을 끌어올렸다. 알마즈의 얼굴이 푸르뎅뎅했다.

오렌지색 형체가 다가오더니 나에게 뭔가를 묶었다. 알마즈에게도 뭔가를 묶었다. 순간 우리는 헬리콥터를 향해 공중에 붕 떠올랐다. 오렌지색 사람이 내 등을 두들겼다.

헬리콥터 입구에 다다르자, 건장한 팔로 우리를 안으로 끌어 들였다. 사람들이 나를 구석 자리에 앉혀 묶은 뒤에 곧장 알마 즈에게로 갔다. 한 사람이 그 애의 허리를 붙잡고, 다른 사람이 손가락으로 입안을 쓸어냈다. 그러더니 알마즈의 코와 입에 마 스크를 씌웠다. 한 사람이 마스크를 꼭 내리누르는 동안 다른 남자는 마스크와 연결된 작은 주머니를 반복해서 눌렀다. 알마 즈가 기침을 하자 자리에 바로 앉혔다. 기침을 연신 해대니까 입 에서 물이 계속 뿜어져 나왔다. 사람들이 알마즈를 옆으로 눕히 자, 알마즈가 눈을 뜨고 내 발을 바라보았다.

나는 뒤로 깊숙이 앉아 눈을 감았다. 누군가 물병을 손에 쥐 여 주었다. 나는 겨우 그걸 움켜잡을 수 있었다. 온몸이 무겁고, 팔다리가 다 멍든 것처럼 쑤셨다. 아무래도 괜찮았다.

알마즈도 파도 아래로 가라앉을 뻔했다. 다른 사람들처럼. 하 지만 지금은 여기에 누워 있지 않은가. 내 옆에. 살아서.

두 번째 삶을 살 기회를 얻은 것이다.

그동안 겪은 이야기들이 머릿속에 가득했다. 그 이야기들이 나를 다른 인생과 엮을 것이다. 나는 여전히 시프다. 그러나 지 금부터 내 인생은 둘로 나뉠 것이다.

아프리카 난민들의 주요 탈출 경로

난민87

엘르 파운틴 지음 | 박진숙 옮김

초판 발행일 2019년 1월 30일 | 제3쇄 발행일 2023년 11월 17일
펴낸이 조기룡 | 펴낸곳 내인생의책 | 등록번호 제10-2315호.
주소 서울시 서초구 나루터로 70, 엠피스센터 212-1호(잠원동, 영서빌딩)
전화 (02)335-0449, 335-0445(편집) | 팩스 (02)6499-1165
전자우편 bookinmylife@naver.com | 홈페이지 http://bookinmylife.com
편집 하빛 | 디자인 위하영

ISBN 979-11-5723-451-6 (03840)

- 책값은 뒤표지에 있습니다.
- 잘못된 책은 구입처에서 바꾸어 드립니다.

이 도서의 국립중앙도서관 출판예정도서목록(CIP)은
서지정보유통지원시스템 홈페이지(http://seoji.nl.go.kr)와
국가자료공동목록시스템(http://www.nl.go.kr/kolisnet)에서 이용하실 수 있습니다.
(CIP제어번호: CIP 2019000883)